中學寫作教與評系列

U0063909

抒情文
批改範例**38**篇

劉慶華 主編

中華書局

□ 責任編輯：黃海鵬
□ 裝幀設計：甄玉瓊
□ 排　版：黎品先
□ 印　務：劉漢舉

抒情文批改範例 38 篇

□

主編

劉慶華

□

出版

中華書局（香港）有限公司

香港北角英皇道 499 號北角工業大廈一樓 B
電話：(852) 2137 2338　傳真：(852) 2713 8202
電子郵件：info@chunghwabook.com.hk
網址：http://www.chunghwabook.com.hk

□

發行

香港聯合書刊物流有限公司

香港新界荃灣德士古道 220-248 號
荃灣工業中心 16 樓
電話：(852) 2150 2100　傳真：(852) 2407 3062
電子郵件：info@suplogistics.com.hk

□

印刷

美雅印刷製本有限公司

香港觀塘榮業街 6 號 海濱工業大廈 4 樓 A 室

□

版次

2016 年 4 月初版
2023 年 5 月第 4 次印刷
© 2016 2023 中華書局（香港）有限公司

□

規格

32 開（210 mm × 140 mm）

□

ISBN：978-988-8394-15-9

目錄

序一

　　一直以來，「精批細改」是香港語文教師常用的作文批改方法。教師逐字逐句詳盡批改作文，給予「眉批」和「總批」，讓學生可以準確地看到他們對文章的意見；而「眉批」和「總批」的評語，也對部分學生起鼓舞和激勵的作用。這些批語更可增進師生之間的溝通。透過這種批改方法，學生若能透徹了解教師的批改，得益比了解一篇課文更大。故這方法實有它可貴和可取之處。

　　不過，這方法也有其缺點。香港中文科教師工作繁重，每位教師平均需要任教三班中文。若教師要替學生每篇作文進行「精批細改」，他們實在沒有足夠的時間。另一方面，學生未必能把教師的評改分析、反思，再轉化為作文能力，主動應用於寫作上，教學效果往往事倍功半。除非香港推行小班教學或個別學生輔導，否則難以發揮「精批細改」的優點。

　　基於以上原因，近年教育界已嘗試運用其他的作文批改

方法，包括符號批改法、量表批改法、同輩互評、錄音診斷法、重點批改法等多元化的批改方式。而「重點批改」是較多教師採用的批改方法，可是，坊間有關這種批改方法的研究和參考書籍並不多。

「中學寫作教與評系列」共有五冊，以記敘文、描寫文、抒情文、說明文、議論文寫作教學為主，每冊收集了十九位教師的作文批改示例，證明教師可以按照教學目的，使用重點批改法，有系統地重點批改作文。另外，教師亦針對有關重點，作出適切的「段批」和「總批」，有系統地給予學生意見，讓學生更能透徹了解自己的寫作優點和缺點，提升寫作能力。還有，每位教師批改作文後，均撰寫了「老師批改感想」，寫出他們對寫作教學和批改的心得，加深了教師的反思和交流。這些批改重點得來不易，是語文教師的寶貴經驗和心得。語文教師的工作任重而道遠，這套書對設計寫作教學和評改，有很大的參考價值，讓寫作教學更能得心應手，更希望能減低語文教師的工作量。

謝錫金教授

香港大學教育學院副院長

序二

　　讀寫訓練一直是語文教學的重點，培養學生利用流暢通順的書面語恰當地說明事理、抒發感情、表達思想，乃至毫無障礙地與人溝通交流，是語文教師一直努力不懈的目標。大部分教師在這方面所投入的精力，可謂不少。但成效卻一直不太理想。沒完沒了的作文批改流程和無甚起色的學生表現，也曾經構成我教師生涯中頗不愉快的回憶。我相信這也是不少教師的共同經歷。

　　到底寫作教學應該怎樣實行才有成效，是一個值得我們再三思考的問題。在教育當局推出中國語文科新課程的時候，中華書局計劃出版這套有關寫作教學的系列，顯然有相當積極的意義。

　　這套書的主編指出，寫作教學要取得理想的效果，教師必須有周詳的計劃、明確的訓練目標，並要結合篇章教學，以寫作能力作為訓練和批改的重點。其中有明確的訓練目標，是非常重要的一項。這是從教師的角度而言的；而從學

生的角度來說，則是要有明確的寫作目標。

　　個人認為，香港寫作教學的一個普遍毛病，是「作文」的味道過於濃厚，「作」的成分多於實際表達的需要，在這種情況下寫成的文章，很難做到言之有物。學生為文造情，寫作動機和興趣往往不會太高，教師無論花費多大精力，「精批細改」，也不一定能吸引學生細心體味批改背後的原因。教師的精力時間往往花費了不少，卻得不到應有的效果。造成這個局面，往往在於我們沒有構思好一篇作文的真正用意，沒有結合學生的實際生活和經驗，寫作一些與他們關係比較密切，又使他們覺得有表達需要、有實際用途的文章。

　　我曾經見識過一所學校的英語寫作訓練，覺得教師的整個教學環節安排得靈活生動，讀、寫、知識學習等互相配合，作業模式實用而多樣化，很值得我們借鑒，不妨在這裏跟大家分享。

　　那所學校的英語教學有部分環節跟史地學科組合成綜合單元式教學，其中一個單元的主題是古埃及，有關埃及的歷史、社會制度、農耕物產、建築、宗教、文化、藝術等內容，部分在課堂上教授，部分作為閱讀內容，並配上相關作業，訓練閱讀能力。至於寫作教學，則有以下一系列不同性質和訓練重點的作業：（一）參考古埃及的灌溉用具，學生自行製作一台可以活動的水車，然後寫一段文字，說明水車

如何運作，以此訓練説明技巧；（二）假如要在古埃及的市鎮開設一家飯館，根據已學過有關古埃及的農作物和牲畜飼養情況，設計一份菜單，以此訓練創意思維及表列手法；（三）根據所學到有關金字塔、神殿、方尖碑及埃及文化藝術等資料，為埃及旅遊局撰寫兩段文字，向遊客推介古埃及遺留下來的歷史遺迹，以此訓練説明、描寫技巧及宣傳、説服等表達手法；（四）在網上搜尋資料，在兵器、音樂、美術、宗教、建築等專題中任選一個，寫一篇專題文章，介紹相關內容，以此訓練閱讀、綜合、組織、報告等技巧；（五）模仿所學的英詩格律，結合古埃及人注重死亡世界的觀念，以木乃伊為題，創作詩歌一首，表達對於死亡、永生的看法，以此訓練抒情手法及詩歌創作技巧。

這種將專題教學、閱讀、寫作能力高度融合貫穿的教學模式，是中文教學界所少見的，實在令人眼前一亮。它的好處不但是形式多樣化，而且不同作業各有目的、作用和重點，彼此互相配合、互相補足；更重要的是它突破一般寫作訓練的框框，讓寫作不再是孤立的活動，學生不需要面對或抽象、或陳舊、或遠離生活的作文題目，搜索枯腸，無話可說。

探索寫作教學的新途徑，我覺得有無限可能性，問題只在於我們願意跨出多大的一步。現在有教育界同人作出寫作教學的新嘗試，實在是可喜的現象。

我跟慶華是中文大學研究院的同學，知道他一向對中國文化、對教學工作充滿熱誠。供稿的作者中，也有不少昔日的同門。現在他們共同為中文教學作出貢獻，探索寫作教學的新領域，中華書局同事囑咐我代為寫序，當然義不容辭。在港的時候雜務纏身，一直抽不出時間下筆。結果稿成於尼羅河上，當時正在埃及度假遊覽，五千年的古埃及文明令人驚歎折服，古埃及的寫作例子更加生動地浮現於腦海中……

陳瑞端教授

香港理工大學人文學院副院長

主編的話

　　中華書局為配合中學中國語文科新的課程需要，二零零三年已出版了《老師談教學：中學中國語文篇》，這次又出版一套寫作教學叢書，合共五本，包括了五種文體：記敍、描寫、抒情、說明和議論，定名為「中學寫作教與評系列」。每本書主要包括一篇有關寫作問題的短文、批改文章部分及一篇後記。寫作問題部分，主要是提出一些寫作上要注意的事項，或者我個人的想法，希望能引起老師注意和反思，有助他們訓練學生寫作；批改文章部分是全書重點所在，老師通過運用寫作能力作為批改重點來批改學生的文章，從而說明學生在寫作能力上的表現，讀者可以藉着這部分了解批改者的批改方法，並從批改者的建議中得到啟發。最後，我就着今次的主編工作說幾句話作為全書的後記。

　　過去多年來，我們教導學生寫作，出了題目後便用心教他們如何結構、如何用修辭、如何開頭結尾，可以說訓練的重點無所不包，然而，這樣的教法，有多大的成效呢？而老

師批改時，結構、修辭、錯別字、標點……無所不改，改了這麼多年，又有多大的成效呢？我覺得要提升學生的寫作能力，先要有一個周詳的計劃，每次訓練要有明確的重點，這樣的教學才會有效果。所謂有周詳的計劃、明確的學習目標，就是：先要定好每一級教甚麼，篇章之間的訓練重點要有關聯，年級之間又能銜接，而不是「東一拳、西一腳」式的訓練。我不知道有多少老師在教作文時，會有這樣周詳的考慮。或者我大膽地說，有時老師只是比較籠統地訓練學生，訓練的目標不太清晰，以致學生只是胡亂地堆材料，拉雜成篇。學生長期處於這種學習環境，很難提高他們的寫作能力。還有一個普遍現象值得注意，很多時候老師教篇章時，會提到每篇精彩的修辭及寫作技巧，但在作文時老師又不要求學生運用，這樣學生學到的知識便不能透過實踐轉化為能力，這是很可惜的事。

中文科老師最怕的要算是批改作文了。老師批改學生作文時，多是「精批細改」或「略改」，這是傳統的批改方式。這樣的批改，往往忽略了批改的重點。傳統的批改方式固然有一定的成效，但花了老師大量時間、心力，效果是不是很理想呢？這點大家心中有數，不必多說。現在我們嘗試用寫作能力作為訓練和批改的重點，試試這種方法是否更有效提升學生的寫作能力，而老師又可以省了時間批改，達到事半功倍之效。

　　我在這套書中，提出以寫作能力作為訓練及批改重點，對我或者對部分老師來說，都是一次新的嘗試。我今次邀請參與這個批改計劃的老師，都是有多年教學經驗的，他們抱着提升學生中文水平的心，在百忙中仍抽空參與了這項工作。在他們交來的稿件中，可以見到有部分老師初時仍不習慣這種批改方式，以致稿件要作多次的修正，而每次的修正都是如此的認真。他們的用心和工作態度，都是值得欣賞的。我在給每一位老師的信裏説，我們可以視這次是教學心得的交流，而不是要製造範本。我希望通過這套書，能使中文科老師興起試用新的批改方式的想法；希望老師可以用最少的時間，提升學生的寫作能力，而不是長期陷於毫無成功感的苦戰中。

　　這套書的每一本由十九位老師批改自己兩位學生的文章組成，文章要不同題目，批改時定出兩至三個能力點作為批改重點。換言之，兩篇便有四至六個批改重點。這樣讀者便可以看到多個不同的批改重點，評改同一種文體的方法。我本來打算限定每位老師用某種能力點來批改，但考慮到每位老師的教學環境不同，很難這樣規定，於是只把每種文體的特有寫作能力和各文體的共通寫作能力列出，請他們在當中找適合自己使用的作為訓練及批改的重點。這樣的安排，自然會有重複的情況出現，這也是不能避免的。以記敘文為例，全書有三十八篇文章，便應有最少七十六個的能力點，

但這是不可能的，既然不能避免重複，那倒不如讓老師多些自主權，因應實際的需要來選擇寫作的能力點。如果這樣，便會有可能出現某種能力多次被用作批改重點，而某些重點則沒有老師使用。然而，從另一角度來看，這種現象是否反映了某些教學上的問題呢？如果真是這樣，這是值得探討的問題。

我在內容結構中，列出「設題原因」和「批改重點說明」，請每位老師先說明為甚麼選這道文題、為甚麼選這些能力點，而每篇文章的批改，要對應「批改重點」，凡與「批改重點」有關的，都應該詳細批改；與重點無關的，則可以隻字不提。批改後，老師就着學生在寫作能力方面的表現提出建議。老師批改完同一種文體的第二篇文章後，要寫一段「老師批改感想」，談談在批改時遇到的困難和感受，這部分相信對前線的中文科老師會有一定的參考價值。

這套書的文章來自各老師任教或曾任教的學校，在得到學生和家長的同意後，我們才選用這些文章，這是尊重他們的創作權。我請老師挑選較有代表性的作品，但不一定是最優秀的作品，這樣會較易看出這種批改方法是否可行。

在這套書，我仍然用文體來分類，因為我覺得用文體來分類，無論對讀文教學或寫作教學都提供了方便。當然有人會覺得這是落後的做法，不是早已有人提出要淡化文體嗎？然而，我卻不同意這種說法。文體是經過長時間的醞釀才能定型，定型後便各有特色，彼此不能取代；各有各的功能，

彼此不能逾越。文體是載體，沒有文體便很難把寫作手法表現出來，例如我們不能只要求學生寫一篇說明的文字或者記敍的文字，而不給這些文字正名；用文體來分類是有必要的，只要我們看看古代的文體分類，便會明白個中的道理，我不想在這裏花太多的時間來討論。我將散文分為五類：記敍、描寫、抒情、說明、議論，這五類很明顯是用表現手法作為分類，這樣便會出現很多灰色地帶；於是又有人提出記敍、說明、議論三分已足夠的說法。這種分法自有一定的道理，但也不足以解決分類的問題，主要的原因是這幾種仍是表現的手法。可以說，到目前為止，各種分類的方法都存在着不同的問題。既然如此，便不妨沿用大家熟悉的表現手法，作為文體的分類，最低限度我們可以較清楚說明每一種文體的寫作特點。

　　我主編這套書是出於堅信這樣的批改方法是可行而有效的，正因為這樣，這套書除了提供一套批改作文的方法外，還起着交流心得的作用。讀者可以看完這套書後試行這套方法，又或者看完後有自己的想法，又或者看完後仍沿用「精批細改」⋯⋯總言之，無論結果怎樣，只要是它曾經引起過讀者的反思，它便已發揮了作用。我當然希望讀者在反思後，能設計出更有效的批改及教學的方法。

劉慶華

批改者簡介（按姓氏筆畫排列）

王敏嫻，畢業於香港中文大學中文系，後取得教育學院教育文憑及教育碩士，主修課程設計。現為聖公會白約翰會督中學副校長。於二零零三年借調香港教育統籌局課程發展處中文組，擔任種籽老師，協助新課程發展。曾於《老師談教學：中學中國語文篇》，發表〈可望可遊可觀可留的文學教育〉。

余家強，畢業於香港浸會大學中文系，獲文學士榮譽學位，後取得香港大學專業教育證書。現任教於佛教何南金中學，主教中文科。

呂斌，香港中文大學中文系文學士、碩士，教育文憑。曾任天主教鳴遠中學中文科科主任、香港考評局教師語文能力評核科目委員會委員。

林廣輝，香港大學文學士、教育文憑，香港中文大學教育碩士。曾任課程發展議會中學協調委員會委員、香港考試局中國文學科科目委員會委員、大埔區中學語文教學品質圈導向委員會成員。現為香港道教聯合會圓玄學院第二中學校長。

胡嘉碧，先後畢業於香港中文大學中文系、教育學院及研究院，取得榮譽文學士學位、教育文憑及課程教育碩士學位。曾為宣道會陳朱素華紀念中學中文科科主任及香港中文大學教育學院中文科教學顧問。主要研究興趣為中國語文課程改革及資訊科技教學，曾參與香港教育學院中文系何文勝博士的「能力訓練為本：初中中國語文實驗教科書試驗計劃」。

孫錦輝，畢業於香港浸會大學中文系。現任職於迦密唐賓南紀念中學，任教中文及普通話科。

袁漢基，香港中文大學中文系哲學碩士。曾任西貢崇真天主教中學中文科科主任。

郭兆輝，一九八零年畢業於香港中文大學，二零零零年獲香港中文大學教育行政碩士學位。現任元朗公立中學校長。

陳月平，一九九六年畢業於香港中文大學中文系，二零零零年完成香港中文大學歷史學部碩士課程。自大學畢業後，一直任職中學老師，主要任教中文科及中國文學科。

陳傳德，香港嶺南學院文學士（中文及文學）。現為仁濟醫院王華湘中學中文科老師。

彭志全，台灣師範大學國文系文學士。曾修讀香港中文大學中文系哲學碩士課程，後取得香港大學教育學院教育文憑。曾任教於佛教大雄中學。從事中學中文教學約二十年。

　　楊雅茵，畢業於香港大學中文系。畢業後從事教育工作，現於博愛醫院鄧佩瓊紀念中學任教，並於二零零一年完成香港中文大學教育學院兩年兼讀制學位教師教育文憑課程。

　　詹益光，畢業於香港中文大學中文系，後取得教育文憑、文學碩士、文學博士。現任教於東華三院黃笏南中學，曾任地區教師網絡交流計劃項目負責人。

　　劉添球，一九八一年畢業於香港中文大學中文系，曾獲崇基學院玉鑾室創作獎。畢業後先後任教於聖貞德中學及新亞中學。其後轉職廣告界及商界，任廣告撰稿員及業務發展經理。一九九一年重返教育界，現為樂善堂梁銶琚書院副校長，負責校內行政及學務發展。

　　歐偉文，畢業於香港中文大學中文系，後取得香港中文大學教育學院教育文憑。現任路德會呂明才中學中文科科主任。

　　歐陽秀蓮，畢業於香港浸會大學中文系，後取得香港中文大學教育學院教育文憑。現任職中學教師。

　　潘步釗，香港浸會大學文學士，中山大學文學碩士，香港大學哲學碩士、哲學博士。曾任課程發展議會 —— 香港考試及評核局中國語文教育委員會（高中）特聘委員、香港藝術發展局文學顧問。現為裘錦秋中學（元朗）校長。

　　蔡貴華，先後畢業於香港中文大學中文系及香港能仁哲學研究所，獲得文學士及哲學碩士學位。現為寶血女子中學

中文科科主任。

　　蔡鳳詩，畢業於香港中文大學，主修中文，並修畢由香港中文大學開辦之教育文憑課程及教育碩士課程。現任教於佛教茂峯法師紀念中學。

導論：景、情、辭

　　一提到抒情文總不能不提情和景的關係。而事實上，我們很難找到一篇純抒情而沒有景的文章。王國維説：「一切景語皆情語也。」正好説明了景與情的關係，同時，也説明了這種能表情的景是一個載體，它們的存在是為了傳情，也就是説，當作者選景時，便融入主觀的情於其中而不自知。然而，選的景是否真的能表作者之情，則有研究的必要。當然，能做到情景融為一體是最理想不過的。那麼，應該怎樣做才能達到這種理想的境界呢？

　　抒情不是抒情文的專利，其他散文、甚至各種文體都可以抒情。這也説明了抒情文獨立存在是有問題的。現代的文體分類中的散文類，仍有人主張把抒情文獨立開來，因此便引起了爭論。如果你問我：「到底有沒有純抒情文呢？」我想這很難回答，主要原因是很難界定到怎樣程度才算是「純」，我只能夠説，要寫一篇只有感情而甚麼景物都沒有的文章是不可能的；情感是虛無的，必須借實體才有質感，才能含蓄，才易感人，倘若寫一大串抽象的「感情」，只會令

人討厭。我以前讀郁達夫的〈一個人在途上〉，就不喜歡文章中出現了多個「痛苦」，不單不感人，反而使人感到別扭做作。感情要有寄託，就必須借景不可。

　　要達到借景寫情的第一步，當然是要借合適的景來載匹配的情。我在這裏特別提出「景和情要匹配」，這是最基本的要求，例如寫春光明媚，則表達愉快的心情；寫夏天樹木繁陰，則表現了生機旺盛，使人心神開朗。郭熙《山水訓》所謂「春山煙雲連綿，人欣欣；夏山草木繁陰，人坦坦」，就是這個道理。選了景之後，要做到情景交融的較易寫法，便是在寫景的時候，在字裏行間沁入作者的感受，例如杜甫的〈秋興八首〉之一：「叢菊兩開他日淚」，「叢菊兩開」是眼前景；「他日淚」是作者當時的情。他入蜀已兩年，看見菊花兩度開，心裏難過得灑淚，全句是「先景後情」的寫法。又例如朱自清的〈綠〉，全篇寫的是浙江温州風景區梅雨潭醉人的「綠」。他先從遠處寫起，然後一步一步寫梅雨潭的全景，表達了他對大自然景物的熱愛。我們試看一段：

　　　　梅雨潭閃閃的綠色招引着我們；我們開始追捉她離合的神光了。揪着草，攀着亂石，小心探身下去，又鞠躬過了一個石穹門，便到了汪汪一碧的潭邊了。瀑布在襟袖之間；但我的心中已沒有瀑布了。我的心隨潭水的綠而搖盪。那醉人的綠呀，仿

佛一張極大極大的荷葉鋪着，滿是奇異的綠呀。我想張開兩臂抱住她；但這是怎樣一個妄想呀……站在水邊，望到那面，居然覺着有些遠呢！這平鋪着，厚積着的綠，實可愛……

　　這段文字不單寫景，在字裏行間更沁入作者的感受，例如多用「呀」字，有讚美的意思；直接表達感受，「我的心隨潭水的綠而搖盪」，寫作者陶醉於綠裏；又加入自己的想法，「我想張開兩臂抱住她」，寫出作者對潭的鍾愛。像這樣的寫法，便將景和情融合在一起。或者說，在一句或一段中先寫景後加入情的寫法，是比較容易做到的。

　　另一種寫法，是不直接寫出個人的感受，只有景在，然而，景裏卻表達了作者的情意，例如杜甫的〈登高〉：「無邊落木蕭蕭下，不盡長江滾滾來。」〈秋興八首〉之一：「玉露凋傷楓樹林，巫山巫峽氣蕭森。江間波浪兼天湧，塞外風雲接地陰。」寫的都是眼前景，作者沒有直接說明自己的感受，而是讓讀者透過詩中的意象，自然感受到作者內心的情。魯迅的〈藥〉在結尾時，寫一隻烏鴉向天邊飛去，既含蓄，又能使讀者有無限想象的空間。這種寫法，對中學生來說也並不太困難。我們可以教他們用這種手法在文章的結尾或開頭，也可以做到言有盡而意無窮的效果。例如寫一個人重拾信心，對前途充滿希望，我們不直接說出，而用景作

結：「他望着天邊一道彩虹。」這樣寫便含蓄，留有想象的餘地。

另一種寫法是較困難的，就是正景反寫，像《詩經‧小雅‧采薇》：「昔我往矣，楊柳依依。今我來思，雨雪霏霏。」眼前景與作者的情剛巧相反，要寫到這樣，必須經過長時間的訓練，而作者要有較高的寫作才華才能做到。然而，我們也可以嘗試教學生仿作。

要借景並不困難，最難的是要抒甚麼樣的情。對中學生來說，這是一個問題，因為人生閱歷有限，如果平時不讀書，不關心四周的事物，便很難有情可抒，難怪他們一寫抒情文便虛構自己的愛情故事，或者寫親友傷亡之類。寫的時候又不懂得借景寫情，以致直而露，淡而無味。因此，要學生寫好抒情文，先要教懂他們借景寫情。

寫景的訓練就如繪畫素描一樣，老師不妨在平時上課時用幾分鐘時間，要求學生從不同角度寫出景物的特徵，例如老師請學生寫窗外的景時，除樹的形態外，不妨要求學生寫出它的光暗度，務求使讀者能感覺到它的質感。老師的要求愈細愈好，這樣會提高學生的觀察力，漸漸做到觀察入微。

在訓練學生寫景物的時候，同時要注意訓練他們的修辭技巧。倘若不能運用修辭技巧，是很難把景物的特徵寫出來。我常感到可惜的，是有些老師多在不經意間，把「知識」和「能力」割裂，以致學生在課本學了修辭技巧，寫作

時又不運用出來，而老師卻從不理會。我曾經聽過有老師主張寫作不用修辭技巧，只求學生文從字順的言論。我只能說，這樣的寫作是最基本的要求，很難提高學生的表達能力。運用修辭技巧的主要目的，是使作者能更準確地表達他們的情意。

我希望老師在訓練學生寫景時，不忘訓練學生借景寫情的方法，同時，鼓勵學生多用修辭技巧，景、情、辭三者是不可分割的。

劉慶華

這香港

年級：中六
作者：廖芷玲
批改者：王敏嫻老師

設題原因

1. 本文配合戶外寫作活動，遊覽暮春時候的維多利亞港兩岸。

2. 重點在觀察香港的都市景貌，追憶香港的變遷。

批改重點

1. 借景抒情的手法。

2. 聯想法。

3. 珍惜土生土長之情。

批改重點說明

1. 戶外寫作，須能確切利用眼前景物以抒情，更要使感情寓於景物之中而不淺露。

2. 透過聯想法，學生可投入更多的創意，不局限於描寫景物。

3. 學生常對自己生長的地方感到沒有興趣，故要求表達土生土長之情，以刺激學生已遺忘的情感。

批改正文

 範文

 評語

　　走在這皇后像廣場，一如昨日。一座座鋼條與玻璃交織而成如雕塑般的高樓大廈，俯視着渺小的人羣。人羣在海岸旁如蜜蜂嗡嗡地穿梭，穿梭於雕塑間的狹小縫隙中，日復日，年復年，永不止息。皇后銅像遠望對岸，期盼尋找一點點昔日海岸線的痕迹；捨棄了紅袍子的郵筒，卻仍每天佇立於中環街頭。

● 撫今追昔之情透過常見而不變之景物，表達了對昔日的「期盼」。

　　經過大會堂，赫然發現將拆卸的「皇后碼頭」四個大字，被棚架包圍住了。不禁又想起電視劇男主角在渡輪的上層呆等女主角，女主角又在下層苦候的橋段。恐怕日後這些劇集的情節，下一代的小朋友，也不會看出所以然了。

● 即將拆卸的牌匾，飽含着很多市民的集體記憶。這些記憶，將因年代的久遠而被遺忘。在兩代之間回望，惋惜之情油然而生。由景入情之手法引人共鳴。

看到那停在路邊的人力車了嗎？對不起，它只供拍照，不供租用。試想象自己撐着一把油紙傘，然後施施然在電車路旁截停一輛人力車，雨花撒在臂膀上，滲透布鞋的鞋面；「餅店」豬油糕、棋子餅的香氣襲人，木製的「大成押店」招牌微微晃動。經過糖水攤、良鄉栗子檔後，在賣粽子的車子前付給人力車司機一個大洋，再攬着一包油紙包着的粽子，踏上吱吱作響的木製樓梯……嗯嗯，我可以想象得到在淅瀝雨聲裏，這粽子的味道呢！

不知昔日工展會的盛況如何？想起了那一邊揹負孩子，一邊偷眼眺望工展會小姐是否漂亮，手腕又勒着一袋袋妻子檢到的便宜貨的丈夫。一邊盤算着晚上要是沒有天星小輪，便要乘「嘩啦嘩啦」過海好了……

● 第三、四段利用聯想，由實入虛，以眼前景物帶出昔日的情景，雖屬想象，但顯示給讀者無限風光，延伸對昔日緬懷之情。

小輪的引擎在「噠噠噠噠……噠噠噠噠」地低吟着。透過濺着水點的玻璃窗回望，會議展覽中心的輪廓一點一點的看得分明了。如果眼力好一點，望向九龍那邊，還可以隱約看到遠處的文化中心和「菠蘿包」似的太空館。可是，眼球的轉動必定要夠快，因為渡輪很快就到岸了。

又看到那一艘「帆船」揚着扇骨似的帆在維港間來回，緩緩地、茫然地。它的祖先究竟是在多久以前「絕迹」呢？然而，這一艘帆船，給予失望的歐美旅客一絲安慰。「嗯嗯，這才是香港！」讚歎聲此起彼落。

一邊啃着漢堡包，思緒在一直流轉。在這片土地、這一個海港之間，人事有着幾多的變遷？在這片天空下，仰首望天，又有多少個是舊日的臉孔？

● 第五、六段透過「眼球的轉動」之快，以隱喻對海岸變遷的感慨；從「這才是香港」的說話描寫中，隱含對香港改變之急速有不勝唏噓之感。作者把情感寓於景物的變遷之中。

● 細節照顧周到，漢堡包屬於現代的，作者「啃着漢堡包」，表現出作者雖然懷念昔日香港，感慨香港的變遷；但人事轉變的潮流，又有誰能逆轉呢？

也許，香港只是一個機場，每天命運的航班在這蔚藍的航道上穿梭、來往。在眾多的過客中，留下的又有多少，轉瞬而逝的又有多少呢？

天知道。

● 第八、九段用上「也許」二字，把現實的無法改變以及往昔的無限追憶結合起來；以「機場」的比喻，把香港轉變的命運以及眾多過客的命運連結起來，清晰交代主旨，也把感情寫得具體。

總評及寫作建議

本文寫土生土長之地，以聯想法把眼前景物聯繫到作者與讀者之間的集體回憶，回憶之處又處處見證香港變遷的急速和無奈。生於斯長於斯者，慨歎無限。

以抒情的筆觸，聯結到景物，景物的選取要為大眾所熟悉；而聯想的內容，也需繪形繪聲，情景、景情兼備，才能引起共鳴。寫土生土長處，更應如此，才能見證時代的滄桑變遷。

維他奶——憶童年

年級：中六
作者：黃國峰
批改者：王敏嫻老師

設題原因

1. 本文由老師設題為「憶童年」，再由同學補充題目，以選擇一童年事物為限。

2. 重點在透過與「童年」有關的事物之「憶」述，以表達對童年懷念之情。

3. 同學選擇人所共知的樽裝飲品為題，題目不單勾起同學的童年回憶，也能令在香港土生土長的讀者，產生會心的微笑。

批改重點

1. 借事抒情的手法。

2. 敍事的剪裁。

3. 真摯情感貫徹於文中。

批改重點說明

1. 利用借事抒情，使學生能學習到將感情寓於事物之中而不淺露。

2. 插入往事須剪裁合度，止於所當止之處，以進一步釐清記敍文與抒情文的分別。

3. 年輕學文，常有矯情之弊，故要求學生以真實經歷以現真情實感，才易令人產生共鳴。

批改正文

 範文　　　　 評語

童年，又朦朧又清晰。

祖父母的童年是飛機大炮；爸媽的童年是沒書唸的貧苦歲月，慶幸，我的童年是一枝幸福的維他奶。

「維他奶，最緊要得你開心！」電視每播放這首廣告歌，都在召喚我沉浸在心底的童年。兒時住在鄉間，冬天特別冷。每個寒冷的早晨，我穿上厚厚的毛衣，繫上冷頸巾，裹得像個小圓球，踏着石子路，瑟縮在颯颯的北風中上學去。回到學校，總會花三大元的零用錢，在人如潮湧的士多

● 第一、二段對比祖父母和父母所擁有的童年，隱喻其童年之幸福。於是，維他奶的形象，不單單再是飲品，而是作者所擁有的幸福。借物抒情，直接入題。

● 插敍時必須留意過渡句。過渡句以家喻戶曉的廣告歌引入，不單「召喚」作者「心底的童年」，也不知不覺間導引讀者由現實進入同學的回憶之中。● 然後才插敍童年的冬天，買樽裝飲品的情景，寫得童真爛漫，如在眼前。作者善於利用不同的形容詞和疊字，把一些

買一枝樽裝維他奶。先用樽子靠一靠被寒風吹得紅撲撲的臉蛋，再用小手費力地打開瓶蓋，插了飲管便大口地嗍，一股暖意即由喉頭直捲心窩。看着呼出的白濛濛水蒸氣，便有一種莫名的幸福。熱維他奶暖在手中，甜在心裏。

平常而瑣碎的細節表現出來，令人代入其中，產生共鳴，仿佛立時感到樽裝飲品的溫暖。

有時候，最愛和要好的朋友合起零用錢，買來一枝熱維他奶一個小蛋糕。維他奶插兩枝管子一起喝，小蛋糕掰開一半大家分嚐。兩人頭碰頭，對望一笑，感受到雙重的幸福。

● 樽裝飲品只是友誼的表徵、深化了的想象空間，回憶之情又豈只是維他奶呢！但同學善於剪裁，主旨清晰，點出「雙重的幸福」後，就不再寫下去，免得使人誤以為憶友，這就是抒情文與記敘文分別之處，不以事為文章的中心。

維他奶除了可以喝，瓶樽亦成了我的玩意。小時候看到兒童節目裏教人用瓶樽盛着不同分量的水，便能發出高低音調。為了一嚐做演奏家的滋

● 第五、六段寫來仍不乏童真，呼應「童年」之題。透過兩件與維他奶有關的作者所做之「壞事」，不但能凸顯作者童年之

味，我當然「有樣學樣」。結果沒甚麼音樂天分的我，演奏家夢未成，卻每次弄得水花四濺，還得被媽狠狠責罵。

我又覺得維他奶瓶樽線條幽雅，很適合當花瓶。於是便用瓶樽種綠豆，每天期待豆芽快高長大，長到瓶口般高。可惜每次落下豆子，它都沒聲沒氣地「一睡不起」，從沒給我看過半塊葉子，只嗅到一股潮濕的霉味。後來我才知道，維他奶瓶樽底部沒有去水孔，把綠豆給淹壞了。

維他奶是一種天真可愛的童年回憶，也是一種幸福，滲透每個平凡的日子。現在，已經很少在冬天喝樽裝熱維他奶了，便利店賣的也多是盒裝。不知為何，總覺得樽裝比盒裝好喝。豆味、奶味濃些？也許，是內裏蘊含着一段童年往事。

趣，更訝異作者在童年時所擁有的想象力和創意。

● 「平凡」二字更顯得本文之不平凡以——作者十多歲的年紀，懂得珍惜平凡的日子，知道「平凡是福」的道理，殊不簡單。

總評及寫作建議

　　本文以抒情為中心，卻記敍幾件平凡的童年瑣事，以道出其對「幸福童年的緬懷」，筆力在於取讀者都曾有過的平凡瑣事，在於繪形繪聲的描繪，在於不經意地將個人的赤子真心寓於字裏行間而不露。

　　情能動人，往往在於細節。借事以抒情，事如能寫得細緻，歷歷在目，就更能令人投入，繼而產生聯想，與讀者有所共鳴。

　　抒情文不是無病之呻吟，貴乎真情實感；也未必需要落墨於大時代之事情當中。可能簡簡單單的平凡事，雖是個人經歷，卻就是人所共有的回憶與感情，就是人所共求的情深處，幾筆勾勒，猶勝千言萬語。

老師批改感想

　　抒情文以抒個人感興，既是最易的，因情乃人皆所有；亦是最難寫的，因大家都可感受，是否能令人共鳴，就最費周章。學生就算多寫，若欠缺真情實感，也難以動人。因此寫抒情文，必須多靜下來體會自己的感受，也要從人際關係中，體會別人的需要與情感，更宜多閱讀，從閱讀中學習不同作者對不同感覺、感情、人與人關係的描繪，學習如何寄情於筆端。下筆之時，更貴發乎真心。

可愛的小雨

年級：中五
作者：吳丹怡
批改者：余家強老師

設題原因

1. 在中學階段，學生較少接觸抒情文，只是在描寫文或記敘文略為加上感受而已。所以設立本文題，給予學生練習機會。

2. 學生對「小雨」的客觀概念清晰，亦有一定經驗，但是喜是哀則是學生個人的主觀感覺。所以本文題以開放題 XX 為模式，由學生自行決定個人感受。(學生最後定為「可愛」)

批改重點

1. 觀察力與想象力、聯想力結合的能力。

2. 借景抒情。

批改重點說明

1. 學生平時少有訓練，幻想、聯想不足；希望他們在本次寫作有效地利用想象力、聯想力，把觀察到的「客觀」事物從「主觀」角度描述出來。

2. 景物是客觀的，每個人看到的大抵一樣；但感情是主觀的，而且每個人以前的經歷也不盡相同，所以另一個批改重點將側重學生能否由客觀的「景」過渡到「主觀」的情。

批改正文

 範文　　　　　　　　評語

範文	評語
沒有舒伯特小夜曲的恬靜，也沒有貝多芬交響樂的歡愉，只是細細地、洋洋灑灑地從半空垂落。這就是小雨。	● 對比聯想：小夜曲是「恬靜」、交響樂是「歡愉」，但小雨則是「細細地」「垂落」。營造出思想跳躍的空間。
適逢雨季，灰暗中垂下一幅透明的珠簾，朦朦朧朧的像騰起一股白煙。我習慣於雨中漫步，小雨中那份舒適，使我感到十分愜意。我撐起一把小傘，在小路間漫步，不怕雨絲打濕我的衣衫，只覺得那冰涼的雨意，是那樣的晶瑩、明亮！	● 相似聯想：利用「透明」的「珠簾」、「白煙」比喻漫天小雨，達到浪漫的效果。「冰涼的雨意」是客觀的，「晶瑩、明亮」是主觀的。而由客觀到主觀的兩者關係，又好像有一種似真似假的感覺。
不要暴雨淋漓，不要太陽猛烈，我只要安靜的小雨。那麼的飄逸，那麼的瀟灑！小雨是涼快的，一層層濺	● 對小雨的主觀陳述：「飄逸」、「瀟灑」。● 對小雨的客觀陳述：「涼快」。

起千萬朵雨花。我喜歡獨自一人在雨中尋尋覓覓，看着被雨水沖洗得更加青葱的綠意。我還愛仰着脖子，邊唱歌，邊品嚐雨水的滋味，雨點打在碎石路上砰然開放，綻放着美麗，寄寓着歡樂，匯成一條清亮的小溪，滋潤着大地，在一片柔和、寧靜中微微流淌着悠悠的情懷……

●此項表述抽象，宜較為具體一些。●由客觀情形、視覺描寫（雨點打在碎石路上濺起水花）聯想到雀躍歡喜，從而轉移到主觀感情（小雨是美麗、歡樂），此聯想部分較為恰當。

哦，小雨，記不清有多少次，我佇立在小雨中，聽取那清婉迷離的雨聲，看着一絲一絲的水煙擁抱一切，陶醉在這迷濛的小雨裏。雨中的妙處和獨特的歡樂牽動着我的思緒，直到路人驚奇的目光、媽媽半帶責怪的話語，才把我從迷惑中驚醒。然而，醒來仍是面前那柔柔的小雨，只是雨中卻多了許多五彩的花兒，在市民的雨傘上徘徊。

濛濛細雨，細雨濛濛。小雨只有山泉的清幽、純樸，而沒有陰沉、悲哀。

● 作者利用環境「濛濛」來對小雨作主觀陳述：「清幽」、「純樸」。

我再一次深深地呼吸空氣。啊！夏天空氣中的渾濁已被洗淨。我發現人們心中那片僵硬冰冷的土地已被良知和甘霖滋潤。在小雨中尋覓吧，你會在其中找到一些應有的東西，那便是真、善、美。

● 相似聯想：從小雨洗淨大地而聯繫到洗滌人們內心的污染。此比喻相似性較強，讀者亦不難掌握。

小雨中留下的永遠是純正、清新的。啊！可愛的小雨。

● 對小雨的主觀陳述：「純正、清新」作結。尚能回應主題，亦統一了整篇文章對小雨的頌讚。

總評及寫作建議

　　本文以描寫小雨為主，結合抒情而成一篇美文。文題以填空題給予學生發揮的機會，亦給學生選擇最有感覺的範圍創作，所以內容大抵合乎寫作題旨，而文章亦做到寫作前訂立之要求，首段利用了聯想法中的「對比聯想」帶出小雨。而由全文來說則分別運用了「對比聯想」（第一段）和「相似聯想」（第二段）。此部分聯想恰當，惜著墨不多，未能充分發揮。其次在「批改重點二」中指出側重學生能否由客觀的「景」過渡到主觀的「情」，而綜觀文章亦有具備。例如對小雨的主觀感受的陳述，分別有：晶瑩、明亮、清幽、純樸、美麗、歡樂、純正、清新。惟「客觀事物從主觀角度描述出來」一項要求，學生做得不足夠，只能獨立掌握「客觀事物」或「主觀感情」，而兩者結合則較少嘗試。

生活抒懷——車上人生

年級：中五
作者：陳加如
批改者：余家強老師

設題原因

1. 在高中階段，學生大抵累積了一定的人生經驗，對事物有自己一定的見解或感觸。所以設立本文題，給予學生抒發生活的情懷。

2. 學生在生活中都會遇到晴或雨、喜或哀。所以本文題以開放題為模式（生活抒懷），由學生自行填寫副題（車上人生），決定在某一件事上的個人感受。

批改重點

1. 過渡銜接。

2. 借事抒情。

批改重點說明

1. 學生的語文能力較佳，故對其要求並不在於文字上的修飾，而希望着重於段落的銜接過渡上。希望學生能做到段落連貫，予人情節緊扣的感覺。

2. 因每個人的經歷不盡相同,所以對事物的感受亦有分別。因此,批改重點將側重於學生能否把情懷真實地表現而不造作。

批改正文

範文 　　　　評語

放學的鐘聲響了,我緩慢地走到公車站。鬱悶地站在標牌下,看着一輛又一輛的車在我眼前奔馳而過,但是我等的公車仍然沒來。

我等的公車仍然沒來,我開始焦急地踱步,看着手錶那僅僅的幾分鐘,終於等到一輛很擠的車,匆忙地奔上了車。

● 段落過渡:以修辭法頂真句式過渡,效果不錯,亦凸顯出等待的漫長。

這時我應該感謝上天給了我這個恩賜,因為我看見車後還有幾個未能擠上車的人。忽然我腦海浮現了「機遇」兩個字。對呀!人生不正是在機遇裏開始嗎?而生命,便是我們最大的機遇。有的人活得有聲有色,總

● 借事抒情:(第一件小事)因幸運地登上了車,而出現對生命「機遇」的思考。人們對日常所遇到的事,常有「好彩」或「不幸」的觀念二分法。而利用一組「肯定句」(對呀!)及

是有所收穫；也有的人任機遇從眼前走過，而熟視無睹，最終只有滿腹怒氣。坐車前進是要付費的，人的一生若想過得好些，也必須要付出自己的努力。

「反問句」（人生不正是在機遇裏開始嗎？），效果特別，也能延伸對「機遇」的沉思。

車子突然停了，我一下子沒站穩，順應「慣性」身子向前傾。這時幸好我扶住了把手，才站直了身子。有時候，我們的道路也有一些這樣的磕磕絆絆，但無論如何，你的周圍一定有一些無形的把手——可能是你的親人、你的朋友或者是你的師長——到底是誰？需要你自己去發現。假如在你遇到挫折時扶住了這無形的把手，並且站直了身子，那麼，你距離目的地又近了一步。

● 段落過渡：利用車子的急停，承接上文的沉思而返回現實。

● 借事抒情：（第二件小事）因車子的急停而發生跌碰，幸好握住了車廂的把手才不致倒地。作者把車上的扶手聯想成人生中的不同助力。

愈來愈多人擠上車子，狹窄的車廂變成了一盒方糖。我像其中一粒，努力為自己找一塊更好的立足之地。

● 借事抒情：（第三件小事）把擠逼的車廂聯想成「一盒方糖」。每個乘客都努力尋找一處較舒適的

我並不認為堅守目前這塊陣地會有着樂觀的前途，因為我正站在車廂的最後端，要是下車的話，就顯得有點困難了。趁着一個乘客下車，我向前一步一步地挪動，突然驚奇發現在接近車門邊有一塊小小空位，足夠容納我，站在那位置上，心裏頓時舒坦了許多。

位置。從中抒發人們在生活中也應考慮自己的能力處境，找一個位置。

是啊！生活中何嘗不是如此？我們應該經常為自己尋找一塊這樣的樂土。或許每個人都應該用心找一處安身立命之所，凡事不能強求而要知所進退。

● 段落過渡：利用一組「肯定句」（是啊！）及一組「設問句」（生活中何嘗不是如此？）作過渡，帶出第三件小事的思想。

終於到了下車的時候，我呼吸着車外清新涼爽的空氣。在車上短短的幾分鐘，既能嘗試悟出這些道理，也算收穫良多吧！

總評及寫作建議

生活上遇到的大小事多不勝數，但學生往往忽略，也許是人生歷練不足，也可能是少年不知愁滋味，對他們來說，萬事萬物都只是擦肩而過，並沒有太大的感受。所以，一般學生都沒有累積創作抒情文的材料。而本文作者具有良好的觀察力與想象力，並能把兩者結合起來。從一次平凡的乘車旅程中，觀察出三件小事，再從中有所感受。但礙於年紀及人生體驗，三件小事所觸動的情也許不夠深刻，但以一個中學生而言，已經是一次不錯的嘗試。

老師批改感想

在中學會考中文科的命題作文中，較少出現純抒情文的題目。所以，學校亦較少觸及此類命題作文，學生亦較難掌握。也許有些人天生多愁善感，那麼他寫起來會較為得心應手，但一般學生如能多加訓練，也不難寫出一篇打動人的抒情文。如要想寫好此類文題，日常必須訓練學生多觀察、多聯想及多思考。在日常生活中多累積素材，多參考名家作品，多鍛練技巧，再加上一定的人生體驗，學生寫作必定有所進步。

我的故鄉

年級：中三
作者：許麗婭
批改者：呂斌老師

設題原因

　　學生在中二和中三時已分別學過直接抒情、借事抒情、借景／物抒情的方法，這篇作文是某機構徵文比賽的作品。

批改重點

　　1. 適當抒發感情的能力。

　　2. 使用具感情色彩的詞語。

批改重點説明

　　1. 以文字表達感情可以有很多不同方式，但必須真摯才能感人。本文不限以特定方式寫作，旨在讓學生學習選擇。

　　2. 審查學生是否能適當運用具感情色彩的詞語，以配合主題。

批改正文

範文 　　　評語

　　人們說，鄉情總是令人難忘。我的鄉情就是一支古老的歌謠，在我心中奏起愛的旋律。

　　故鄉，是我的搖籃，我愛那裏的一草一木、一山一水，更愛那裏的鄉民！日裏念過多少次，夜裏夢過幾多回。當故鄉實實在在地展現在我面前時，那份鄉情愈加濃烈。

● 直接抒發自己對故鄉的愛戀之情。

　　那鬆軟的黃土小道迂迴而上，山道兩邊，滿是鮮花，花姿萬千：有的端莊淡雅，有的雍容華貴，有的瀟灑自如。在清風的吹拂下，花兒散發出淡淡的香味。這便是故鄉的山間小路。我深深地吸了一口氣，感覺這裏的空氣似乎也特別新鮮。遠遠望去，山上還有許許多多的松樹和柏樹，正默默地守護着故鄉。

● 故鄉的小路本是平凡的，但因為作者的濃烈鄉情而變成一幅美麗的畫。融情入景。

村子街頭的黃土小道已被寬闊的馬路所代替；原來道路兩旁低矮破舊的房屋消失了，代之而起的是一幢幢的新瓦房。街道兩旁還栽滿了觀賞樹木，每隔不遠，還設有一個花壇。雖然不大，但青枝綠葉，姹紫嫣紅，給故鄉添上了無限生機。

● 寓情於景。

淳厚善良的鄉民是這裏的象徵，不管是年輕人還是老年人，大家一見面，都立刻噓寒問暖一番。一碗香噴噴的米飯、幾道家常小菜，卻滿載着不盡的鄉情。晚飯後，附近的男女老少都湧了過來，坐在庭院裏，閒話家常，互道別情。

● 由故鄉的景物寫到故鄉的人，令人倍感溫馨。

故鄉的夜！是這樣醉人。我沒有絲毫睡意，來到沙灘，月光已靜靜地灑向這片海域，仿佛為大海披上了一層柔和的輕紗，沙灘也泛起了一層朦朧迷離的光芒。我忽然想起了小時候

在這裏捉螃蟹，在這裏拾貝殼、游泳……這裏曾是我小時候的樂園！

　　啊！故鄉，那彎彎的小道、那淳厚善良的鄉民、那深藍色的大海……一切的一切都融在我的鄉情愛歌裏，成為永遠都不會消失的音符！

● 再次直接表達自己對故鄉的濃厚感情。

總評及寫作建議

　　本文通過對故鄉景物、鄉民的描繪，表達自己對故鄉一景一物、童年生活的眷戀之情。全文感情真摯，能引起讀者共鳴。

　　文中進行景物描寫時，配以大量富感情色彩的詞彙，因此更具感染力。

竹

年級：中三
作者：王寶宜
批改者：呂斌老師

設題原因

表達感情的手法有多種不同的形式，學生在本單元中學習了多篇借物抒情的文章。本文是自由設題，希望學生抓住動植物的特徵，並藉此抒發自己的感情。

批改重點

1. 借物抒情的能力。

2. 襯托法／對比法的運用。

批改重點說明

1. 借物抒情是通過描寫客觀事物來表達思想感情，學生必須注意所描寫的物象的特性與所寄託感情的共通點。

2. 適當運用襯托法，更能突出主題。

批改正文

範文 　　　評語

　　世上的植物成千上萬種，它們各有特色，而我最喜愛的莫過於竹。竹長着俊俏的枝杆、青綠的葉片，而且是一層層的莖節，高高地向上聳立。

● 概略總繪竹的特性。

　　竹，對人類的需求甚少。它不像別的樹木需要極大的空間才能慢慢地生長，所有的竹都是肩並肩、密密麻麻地長在一起，像要留多些空間給其他的樹木。

● 以下三段分別刻畫竹的各種不同特徵，為文章最後的抒情作準備。

　　竹，對人類的貢獻卻極大。古代人們會利用竹簡來記事，即使到了現在，在日常生活中，人們用的籮筐、蒸籠、竹家具等等，也都是用竹枝編織出來的，甚至一些樂器也是由竹製成的。竹還可以成為我們每天都使用的筷子，可以說與我們的生活息息相關。竹還可以為我們遮風擋雨，因為

● 寫竹的多用途，與上一段的少索求形成對比，有助突出對竹的讚賞。

它可以成為斗笠或雨傘；竹筍更是美味的菜餚。

竹的生命力頑強：它經得起颱風暴雨，它不怕霜，不怕雪，常年都是穩站在地上生根。竹不像別的植物那樣需要在屋裏特別的照料，它不必人們特意去澆水，也不需要施肥料，就可以快高長大。竹也不像一些花朵那樣，遇上狂風暴雨就馬上凋謝，更不像一些花朵遇上風吹日曬就躲起來。只有竹，它毫不畏懼，也不畏縮，用頑強的生命力與一切作戰，不管春夏秋冬，還是狂風雷暴，它依然聳立在半空，它以頑強的力量面對着每一個挑戰，永不向困難低頭！

● 寫竹的不畏懼，並以其他植物作襯托，突出竹的堅強。

啊！頑強的竹、偉大的竹，我讚美你！在這社會，我們每一個人都得發揮竹的精神，以頑強的生命力自力更生；不畏懼生活中必經的每一個

● 最後點題，借竹的特性鼓勵世人頑強求存，努力向上，達到借物抒情的目的。

過程，永不向困難低頭，努力攀登向

上！更不應只顧索求，不問付出。

總評及寫作建議

竹在中國傳統文化中富有深意，古代文人常讚頌它的堅貞、虛心、直節；本文作者能不落俗套，以竹為題材，讚美竹的不畏困難，少問收獲、多付出的特性，藉此勉勵讀者學習竹的這一特性。而這些特性，恰恰是當今香港人所匱乏的。

文中還以其他植物加以對比，有助突出主題。

老師批改感想

　　學生寫作抒情文時，常感到十分為難，其中一個原因，是因為欠缺細膩的心靈去感受生活，對周遭事物沒有甚麼感覺，嚴重的甚至可説是麻木。因此，在學習抒情文時，首先要注意如何幫助學生產生感知，除了直接、間接的情感外，美感的產生亦相當重要，否則，就容易流於無病呻吟，難以引起讀者的共鳴。而多研讀一些美文，可以有助改善這一弱點。

我的珍藏

年級：中四
作者：王麗珊
批改者：林廣輝老師

設題原因

每個人總有他的珍藏，珍藏未必價值高昂，但必有當事人珍惜之處，當中或有難忘回憶、或有深遠意義。本文既考核學生借物抒情之手法，亦啟發學生從生活中領略情趣。

批改重點

1. 借物抒情的能力。

2. 能否營造感人的抒情效果。

批改重點説明

1. 借物抒情是常用的抒情手法，由物件描述到引發回憶、觸動情感，描寫及抒情兩種能力同時兼備。

2. 抒情文要寫得好，當然要能感動他人，當中的感情刻畫需要深刻細膩，學生普遍不長於心理刻畫，以致削弱文章的感染效果。

批改正文

範文    評語

　　每當我遇到挫敗、感到氣餒的時候，總會下意識地望向裝飾櫃裏，那套排列得整整齊齊的襟章。它們就像有着奇異的力量，每次都能令我心安。對我來說，它們並不只是死物。它們代表着我的一段過去、一段回憶，更成為在黑暗中為我指路的明燈。

　　由小學一年級開始，我就與這套襟章結下不解緣。小學時，我恬靜內斂，因為家境不佳，小小年紀就已經了解到這是個弱肉強食的世界。看着父母每天辛勞工作，掙取微薄的工資以維持生計，我就知道，惟有知識才能改變命運，惟有我努力讀書，才能讓父母過安逸的日子。於是，我拼命讀書溫習，有時到了凌晨一二時，我還在挑燈夜讀。經過一年的努力，

● 帶出珍藏的重要性，領起下文。

● 交代背景，指出珍藏所具的意義，亦為下文抒情的基礎。

我在期考中取得第一名。在結業典禮上，校長為我扣上只有前五名才有的襟章，我望着媽媽以我為傲的眼神，再望望鮮紅色的襟章，我知道這就是我奮鬥的方向！

在往後的日子，我一直昂首闊步，向着目標前進，一步也不敢怠慢。因此在小二和小三，我都取得二年級的橙色襟章及三年級的黃色襟章。這兩個襟章對我來說，是很大的鼓舞。當時的我更相信，我能取得餘下的綠、藍、紫三色的襟章。

然而，人總有失手的時候。小四可謂是我小學生涯中的「滑鐵盧」。我在考試時多次失準，最終，我失去站在頒獎台上的機會，更失去了襟章。一時間，我喪失了所有的自信，我開始懷疑自己，恐懼和不安籠罩住我。我就像在迷霧深鎖的汪洋中的一葉輕

● 描述失去襟章的心情。內心的描畫十分細緻，由失望到迷惘、由不安到感激，情感的交代層次分明。

舟，迷失了方向。直至典禮完畢，回到家中，我仍猶如行屍走肉，一直心不在焉。就在這個時候，媽媽拿着我的三枚襟章，走過來對我說：「媽媽知道你很難過，你怪責自己為何無法做得更好。傻女孩！你根本不用為此太過介懷，更不應抹殺自己的才能，懷疑自己。你看！這三枚襟章就是最佳的證明！相信媽媽，相信你自己，你下次必定能做得比以往更好！」聽完這番話，我只懂傻傻地望着媽媽，縱有千言萬語卻無法啟齒。最後，我衝過去抱着媽媽，任由抑壓已久的淚水奪眶而出。

光陰似箭，眨眼間我已是一個中四學生，望着櫃中的五枚襟章，雖然獨欠綠色，但在我的心中再無缺憾，在我的心目中，它是我永遠的珍藏！

總評及寫作建議

　　本文在感情的描畫方面極為細緻，作者除了運用豐富的詞彙，並結合比喻入文，借以產生極強的感人效果。作者可對物件的外型多作描寫，加強物與情的關係，則文章結構會更為清晰。

中五畢業有感

年級：中五
作者：蘇美珊
批改者：林廣輝老師

設題原因

　　學生畢業在即，當有百般感受在心頭。是次設題，既配合學生生活，亦考核學生能否以合適的手法抒情。

批改重點

　　1. 情感抒發的深度。

　　2. 借事抒情。

批改重點說明

　　1. 學生抒情容易流於片面，未能具體將情感深入表露，以致感染力不強。學生需懂得反覆表達感情，才可產生感人效果。

　　2. 借事抒情是常用的抒情手法，惟情與事的比重要恰當，否則，容易傾向敘事，忽略抒情。

批改正文

範文 　　　評語

　　晨曦初現，表示新的一天已經展開。

　　今天的太陽特別猛烈，把我冷卻了的心都照得熱熾熾的，在陽光的照射下，校舍顯得格外宏亮浩蕩。久違了的校園氣息，現在都回來了。公開試過後，各同學都沒有機會再次聚首，惟獨今天，我們中五學生正要回校領取畢業證書。

● 簡單交代文章背景。

　　轉眼間，禮堂的座位都被穿着得整齊光鮮的中五學生填滿了。經過一連串開幕禮儀後，校長正要為我們頒發畢業證書。我，代表五甲班上台領取這張極具意義的證書，我恭敬地向校長鞠躬，感謝校長五年來對我們悉心的培育及指導。接過證書的這一刻，我便成為一個真正的畢業生。

● 敍述畢業禮領受證書的情況，簡潔扼要，不花筆墨，並從中引發下文的抒懷。

回望過去五年的時光，有悲也有喜，也由無知變得成熟。回想過去，想起那些愉快的課堂情節，都令我十分回味。然而，這些珍貴的片段永遠留在我的心裏。

● 回憶過去，回味從前。

重回現實，背負着中五畢業生的名義，感到有點沉重，帶點不自然。五年以來，我一直躲在學校學習做人處事、課本知識，努力去充實裝備自己，為未來的人生道路奠下良好基礎。但是度過了五年備受呵護的日子，現在卻要離開這個大家庭，有點依依不捨之外，還害怕投身社會所面對的困難和挫敗。

● 由過去回到目前，產生另一種感受：由不捨到惶恐。

將要離去，我，當然十分難過。在這裏，我看到自己的蹤迹和汗水。五年來的學習生涯有苦有樂。最令我難忘的也就是過去的年半，中四、中五的學習路程十分艱苦，每天也在和

● 深化感受，肯定過去的努力。

時間競賽，把握每一分、每一秒溫習，務求令自己裝備得更完善。這兩年時間每天也在搏鬥，生活緊湊，乏而無味，但是作為一個學生，恐怕沒有不辛苦的時刻吧！

　　一直以來都覺得升上中五是一件遙不可及的事，可是時間一分一秒地溜走，今時今日，我已經成為一個中五畢業生，在我的心裏，突然多了一份使命感，我要為將來的目標繼續前進。

● 由肯定到展望將來。

　　五年來的學習生涯總算劃上了一個暫時的句號。成為一個畢業生，我好應該為自己的未來好好設想一番，做個積極有為的青年。

總評及寫作建議

　　抒情文能否做到文章內容充實，關鍵在於作者所抒情感是否具體和深入。本文以畢業禮一事為引入，從而抒述自己作為畢業生的感受，極為配合題旨的要求。作者抒發的情感，內涵豐富，由不捨到惶恐、由肯定過去到展望將來，心理過程的描畫，自然暢順，條理清晰，讓讀者容易產生共鳴。

　　作者可於抒情方面補上有關事例，則內容會更為充實，例如抒述對校園不捨之情，可補充一二難忘片段；又如描述發憤經歷，亦可扼要交代苦讀的情況。

老師批改感想

　　學生寫作抒情文普遍存在的問題是情感不夠深入，流於表面，通過事件、物品、人物抒情，則容易本末倒置，忽略情感抒述。要改善這方面的缺憾，學生首先要有情可抒，對於周遭的事物，要打開心窗，仔細感受，方能領略個中情意，所寫文章方可感染讀者。另外，排比句的運用有助加強抒情效果，學生應多着意使用。

考試夜讀有感

年級：中五
作者：黃肖怡
批改者：胡嘉碧老師

設題原因

「考試夜讀」，相信做學生的總經歷過。擬設本題目的，是透過學生自身的生活體驗，抒情述志，從而掌握抒情文寫作的基本要點——情真。

批改重點

1. 借景抒情的寫作手法。

2. 運用不同修辭技巧的寫作手法。

3. 共通寫作能力：佈局謀篇。

批改重點說明

1. 借景抒情是一種常見的抒情方式，學生運用純熟，能以景興情，文章收含而不露、耐人尋味之效，故就此加以訓練。

2. 審視學生運用不同修辭手法渲染及突出細膩的情感的能力，以了解學生對這種抒情手法的掌握。

3. 佈局謀篇是寫作上基本而重要的能力，故作重點批改，以審視學生對這種能力的掌握。

批改正文

 範文 評語

大笨鐘響起一聲「咚」，平日不以為意，如今卻聽得清楚，已經一時了，夜愈來愈深，書本卻沒有因此而減少。

睡意正濃，泡了一杯熱騰騰的咖啡，那種苦澀的味道刺進舌頭、心頭，如是……當我把咖啡喝至一半，才蕭然發覺那隻杯子不是我的，是因為太累而意識模糊吧！隨手把杯子放在一旁，扭開桌前的燈，也擦亮繼續奮鬥的讀書心。

我背誦課文內容，仿佛每一句都傳來回音，口中冒出呼呼白色霧氣，我本能地拉緊衣領，再轉身把預備妥當的木材扔到火爐內，這個動作我已重複了好幾次，究竟是天氣冷，還是我心灰意冷？都分不清楚了，腦袋塞

● 以「咚」的一聲起首，點明時間，回應文題「夜讀」。以「書本卻沒有因此而減少」緊扣「考試」的主題。

● 以咖啡的「苦澀的味道刺進舌頭、心頭」暗示夜讀的苦澀；又以「扭開桌前的燈，也擦亮繼續奮鬥的讀書心」借景抒情，用「燈光」之亮（景）抒述奮鬥心也被燃亮，表明用心讀書的堅決（情）。

●「究竟是天氣冷，還是我心灰意冷？」借客觀景物「寒冷的天氣」抒發夜讀疲累而有點洩氣的心情，亦為借景抒情的寫法。

滿了課文的內容，根本沒有我思考的空間。

「咚」的響聲連續響了三次，那厚厚的筆記卻原封不動似的。我手一掃，再掃，所有筆記全都掉到地上，街上突然傳來車子的響號，正如我內心不歇的哀號，一直響着，響着……那響號吵醒了小狗阿姬，牠探頭凝視着我，我亦用那佈滿淚光的瞳孔看着牠，牠根本不曉得，我的喉嚨已漲滿了淚水，牠一躍而上，伏在我的牀上，看！那個牀是多麼孤獨，多麼急需主人身躺下去，看見它那可憐的模樣，我有一種衝動，把筆記全拋到火爐內，然後趕快去安撫這個牀，但我還是打消了這個念頭，把燈扭得更亮，抖擻精神，只是這隻臭阿姬不知死活，居然發出鼾聲，在引誘我犯罪！這到底又是甚麼折磨？

● 先以「咚」聲三次，點出時間的消逝。● 再次運用借景抒情手法，以「街上車子的響號」（景），帶出「內心不歇的哀號」（情），抒發了溫習進度緩慢的憂懼。● 此段運用擬人法抒情，突出夜讀的孤苦，如「牀是多麼孤獨，多麼急需主人身躺下去」數語，而此數語亦與下文「我有一種衝動，把筆記全拋到火爐內，然後趕快去安撫這個牀，但我還是打消了這個念頭，把燈扭得更亮」作對比，突出孤苦中仍要與睡魔糾纏，竭力掙扎，專心夜讀的矛盾。

清脆的「咚」聲響了六遍，書，算是溫習完，眼皮只覺愈來愈重，頭昏腦脹，簡直有點想吐，火爐還散發着微弱的光，我也只餘下微弱的體力，忽然嗅到一陣方便麵的味道，才稍有溫暖之感，整夜的辛勞，倏然不見了。

● 以六遍「咚」聲作結，回應首段及第四段。而「咚咚」的鐘聲，亦是用作時間推移的線索。此處表明長夜辛勞過去，為有所成就而喜悅。

總評及寫作建議

作者按情感的發展變化組織材料，字裏行間，真誠而細膩地刻畫了莘莘學子為考試而深夜苦讀的內心世界，流露了孤獨、無奈與苦澀以及有所成就的喜悅。

文章抒情巧妙自然，敍事寫景時適當抒情。抒發考試夜讀的苦況時，以夜讀時的種種活動為基礎，「事」與「情」兩者交融，又借「景」述「情」，可謂相得益彰。文章亦運用其他修辭手法，如擬人、對比等，渲染夜讀之孤寂，手法不落俗套。

文章在佈局謀篇上亦花了不少心思，全文以「咚咚」的鐘聲為線索組織材料，暗示夜漸深、天漸亮，這種表達時間推展的手法值得借鑒。

好友重逢

年級：中三
作者：岑曉嫦
批改者：胡嘉碧老師

設題原因

　　在單元教學中，學生曾讀過幾篇敍事抒情的篇章及掌握其寫作手法。此篇命題，乃學生在中三期終試（總結性評估）的作品。

批改重點

　　1. 直接抒情：使用有感情色彩的詞語。

　　2. 直接抒情：使用標點符號表述情感。

批改重點說明

　　1. 運用有感情色彩的詞語表達感情最為直截了當，以此為批改重點，能審視學生對直接抒情的掌握。

　　2. 審視學生運用適當的標點符號表述感情，以了解學生對這種抒情手法的掌握。

批改正文

範文 　　評語

　　跟沒見多年的好朋友重逢？我從沒想過有這麼一回事！直至讀完一封從美國寄來的信後，我才驚覺，我將要與沒見多年的好朋友重逢了！當時的興奮心情實在非筆墨能夠形容！

　　人站在機場的接機區，心早已飛回過去……我倆認識於兒時，他曾是我的鄰居。記得從前，我們是對形影不離的好朋友，在同一間學校讀書，參加同一個學會，每天結伴回家……我認識他，已有十多年時間了，直到他要到美國讀書……這三年裏，我們從不間斷書信來往，談現況，談學業，談將來……我們可以說是無所不談。他偶然也會寄些照片給我，印象中，他比我還出「一個頭」的高度，

● 1. 以收信一事為基礎，開展感情。用「驚覺」一詞，表達事件的突如其來；又以「興奮」一詞，表示對重逢的雀躍。兩者均是直接抒情。
2. 運用感歎號（！），表達對重逢一事的驚喜。

● 緊接第一段，巧妙地運用省略號（……），以現實與回憶交錯，字裏行間，向讀者交代對「他」的印象與感情，為後面重逢一事作鋪墊。

但他到了美國以後，好像比前更高了！不知現在的高度又如何呢？

　　還有十分鐘，我們就能相見了。我手心一直在冒汗，興奮得站也不是，坐也不是。想到快要和他見面，我像個剖開的西瓜飛到天上，坐在那滿佈陽光的白雲上一樣，哇！爽⋯⋯服務員的廣播又把我緊張的心情喚回。我開始注意那來往的人羣，深怕看掉了眼。一羣旅客從出閘處出來，我立刻往前衝，手裏還緊握着的，是他去年寄給我的相片！我恨不得能衝破圍欄，直接衝進去把他給「抓」出來！哈哈！那個走得慢吞吞的高個子應該是他吧，他正四處張望，應該是他沒錯！我正要大聲喊他的名字，哪知他已經大聲地對着我喊：「喂！」說着還大步朝我走過來。

● 承接第二段，繼續敘事描寫：1. 直接描寫「手心冒汗」，表現將要相見相認的忐忑，又以「興奮得站也不是，坐也不是」直寫重逢心情的興奮雀躍。2.「我恨不得能衝破圍欄，直接衝進去把他給『抓』出來」數語，以「恨不得」表達對與他見面的焦急與期盼，直抒胸臆，情感真切。

我們倆就站在那兒大眼盯小眼，只是，他微微地彎了一下腰！他真的挺高大，至少有「一米七」吧，我想。站在他身旁的我，就像被一個大哥哥拉著的妹妹，可是我比他還要大兩年！我瞪著他，有點不敢相信，眼前的這個人就是他。我一下子想起他小時候跟在我後面，不斷地叫我走慢一點的可笑樣子，我的眼眶紅了。他開始不斷地跟我說話，說我變矮了，變醜了，一點都不像以前那麼可愛……

哼！這可不是我想象中重逢的情景——他比我想象中可惡多了！可是，想到可以再和他見面，算了吧，我就暫時忍耐一下，遲些日子再跟他算賬！

● 直接抒情：「我瞪著他，有點不敢相信，眼前的這個人就是他」，以「不敢相信」直接表明對重遇的難以置信，暗示對是次重聚有說不出的驚喜。● 感情經過起伏曲折，發展到最高。

● 1. 承接第四段，以「這可不是我想象中重逢的情景——他比我想象中可惡多了」直寫對重遇的情景略為失望，卻又因「他」的「可惡」而不知所措，言有盡而意無窮。此段呼應上文，點明中心，加深讀者印象。2. 運用三個感歎號，渲染了作者被氣壞的情感。

總評及寫作建議

　　這是一篇情感豐富的抒情文。它敍述了作者與「他」的純真感情，敍事中抒發感情，把作者與「他」重逢的複雜的內心活動及對重逢一事的種種想法都寫得很具體。作者在具體的敍述和描寫中穿插了直抒胸臆的文句，感情真摯，亦可窺見作者活潑率直的性情。同時，亦巧妙地運用標點符號抒情，若細意咀嚼，必能體會其中的情味。

老師批改感想

　　沒有情感的文章是不能打動人心的。當然，這些感情必須真誠深厚。一般香港學生，為了應付命題作文，每多「為賦新詞強說愁」，更使創作成了苦差。因此教師擬設作文題目，不妨多留空間，讓學生從自身的生活體驗出發，抒情述志。學生若能在此基礎上對文字組織多作磨煉，必能寫出引人共鳴的作品。

　　抒情文寫作，雖不如記敘文般要以一件完整事件貫穿，但必須借助具體的敘述和描寫來抒發情感，因此，在教學時不妨先讓學生掌握直接記事抒情的方法，然後在這基礎上學習借景抒情、寓情於景的技巧。當然，無論運用何種方法，總不可忘記抒情要真切自然的要點啊。

童年

年級：中四
作者：俞情
批改者：孫錦輝老師

設題原因

　　此乃作者的自由寫作，題目乃事後擬定。

批改重點

　　1. 運用修辭格的能力。

　　2. 融情入景的能力。

批改重點說明

　　1. 學生面對修辭格的學習，大多止於辨析層面，並未能真正的用得其所。

　　2. 本文主要通過描寫進行抒情，故詳細評鑒，以觀察作者的抒情文寫作能力。

批改正文

 範文　 評語

翻開童年的相冊，抓開斑駁的記憶。童年，一個朦朧的夢境、一個快樂的泉源，它為我的人生鍍上了一層璀璨的金邊。

● 「抓開斑駁的記憶」一句，表現力既強，同時，跟前句也構成勻稱美。● 「鍍上金邊」運用移用格，形象化地表達「童年記憶」這概念，「鍍」亦帶有「不褪色」的暗示。

童年的我是在鄉下度過的。那裏的天好藍、水好清、路好陡，但我就是喜歡。

● 排比句「天好藍、水好清、路好陡」，增強了下句「我就是喜歡」的表達，亦做到結構形式的整齊美。

兒時最常做的事便是跟着老媽子上山拾草，那種感覺是無盡的甜蜜。山上的風特別清涼，似乎捨不得弄傷我，總是如此的溫柔，輕輕拂過我的臉。山上的牛兒多，牠們不是在拖着犁，而是悠閒地吃着嫩草，吃飽了便坐下，優哉悠哉的，真是快樂過

● 為要表達出甜蜜的感覺，所以風是「特別清涼」的；一貫予人辛勞形象的牛，此刻是「優哉悠哉的」；主角兩母女，累則乘涼，邊吃邊聽「鳥兒演奏出的動聽音樂」。

神仙。累了，我便和媽媽坐在樹下乘涼，吃着由家裏帶來的水果糕點，欣賞樹上鳥兒演奏出的動聽音樂。

這還不算甚麼。最快樂的時刻是當夜幕降臨之時，天上的星星眨着眼皮子，可調皮了，月亮就像個慈愛的母親，在一旁溫柔地呵護着小星星們。不知道為甚麼，這一情景讓我感到無窮的幸福。媽媽總是摟着我，講述許多令人陶醉的故事。過不了多久，我自會昏昏入睡，進入甜甜的夢鄉。

童年，是一首悠長的小夜曲。我將它深深藏於心底，讓它在我耳際無盡徘徊。

● 文中以「月亮呵護小星星」這一個擬人比喻兼而有之的修辭，對應星月下的「媽媽摟我入懷，講述故事」，構思良佳。● 在最後幾句連用幾組疊字（「昏昏」、「甜甜」、「深深」），表現出難以言傳的甜膩感覺。

總評及寫作建議

　　這是一篇帶有詩意的抒情短文，所以順理成章地多用修辭。作者在大量運用修辭格之餘，難得的是每多用得恰當，尤能切合文章風格。在眾多用例中，以「星月」之喻比照母女的情狀，帶出多樣的藝術效果，如融情入景使情景生動鮮明，表現最為理想。

　　本文透過描寫童年片段，抒發感情。而通過描寫以抒情，其妙處就在於情景交融。在情與景的關係中，「情」毫無疑問地佔據着主導地位，描寫客觀景物（第三段的風與牛、第四段的星與月）就是為了抒發主觀情感。文中的「景」塗上了作者主觀的感情色彩，使抽象的感情形象化，易於被讀者理解和接受。而作者未有過分側重於描寫而顧此失彼，處理恰當。

爺爺的遺物

年級：中四
作者：蔡家米
批改者：孫錦輝老師

設題原因

此乃作者的自由寫作，題目乃事後擬定。

批改重點

1. 佈局謀篇（選材）的能力。

2. 即事緣情的能力。

批改重點說明

1. 學生的選材能力尚待磨練，故在此檢視作者能否正確篩選素材。

2. 因學生剛於課堂學習過「即事緣情」的寫作技巧，故以這篇文章作為訓練機會。

批改正文

 範文 　　 評語

範文	評語
和暖的夕陽把金黃色的光線射進我的書房，面對着這柔和的光線和	● 「爺爺的遺物」現身。（雖未交代，已能意會）● 懷錶不離

……呃……一大堆討人厭的功課，本來散焦的惺忪倦眼更添睡意，眼角瞄一瞄古老卻還能走動的懷錶。三點多，唔！該睡一睡午覺了，別理那煩人的功課了……

「滴，答，滴，答……」

咦？我何時跑出了屋子外？

「哇嗚嗚……」一陣娃兒的哭聲把我那正雲遊太虛的思緒拉了回來。「乖乖！寶寶別哭。」我從窗邊看見一位老爺子抱着娃兒邊搖邊哄，身子搖呀搖地步向窗邊，是爺爺！為甚麼爺爺會在這兒？我見鬼了嗎？我使勁在爺爺面前招了招。咦？他看不見我嗎？

「乖！爺爺給妳好玩的，別哭，別哭。」爺爺以他那滿佈皺紋如山河地圖般的手往懷內一掏，向女娃遞過一隻古老的懷錶。為甚麼那懷錶這麼眼熟？那女娃抬起短短的、嫩嫩的小手

身，顯示出主角的重視。● 作者選擇以懷錶代替手錶作為「遺物」，營造時間上更強烈的距離感，用意很好。

● 懷錶作為爺爺給孫兒的禮物，標誌着爺爺對作者的疼愛。● 此乃作者童年三段往事之一。作者選擇這片段，既道出遺物的來歷，亦借此塑造爺爺的形象。

接過懷錶，在爺爺的懷中把玩着。「寶寶想睡了嗎？睡吧！我會一直在妳身邊。」爺爺柔聲哄着她睡。好羨慕喔！不知道我的小時候，爺爺有沒有這般哄過我睡呢？

當我想走到爺爺身邊時，身邊的一切倏地變黑。哇！發生甚麼事？我害怕得把頭扭來扭去，只盼尋找一點光。突然，眼前一亮。見鬼了，我剛剛不是在屋外嗎？現在人卻到了後花園。

「爺爺，漂亮嗎？我剛剛弄的。」一個約五六歲的女孩頸上掛着那懷錶，拿着花，在爺爺的懷裏撒嬌。唷！好噁心，多大了？還在撒嬌。爺爺卻一把摟起女孩，炯炯有神的雙眼多了一層溫柔，在女孩耳邊細細吟哦了幾句，一老一少就笑成了一團。幹嘛在那邊小聲說大聲笑，爺爺他說話大聲一點不行嗎？獨樂樂，不如眾樂樂嘛！我只好向他們走近。

● 此乃作者童年三段往事之二，可與第五段合而論之。透過爺爺弄孫為樂的行為，塑造出慈愛可親的形象，亦為下文「死別」的哀痛（愛之深、哀之切）作鋪排。● 作者選擇以這段五六歲的生活片段入文，內容跟第五段無太大分別，未能為這段爺孫情作更進一步的增潤。

哇！為甚麼又黑了，關燈了嗎？當我正埋怨誰關了燈時，又一個新的畫面出現了。此刻我身在郊外，天空給烏雲重重掩蓋，下着毛毛細雨。眼前不遠的地方有一大堆穿着黑色禮服的人，有的雙肩抖顫、低頭啜泣；有的雙眼無神，默默地流着兩行淚，雨傘都垂頭喪氣地倚在人的身旁。我走過人羣，看見一副棺材，地面挖了一個大坑。朋友，入土為安吧！

● 此乃作者童年三段往事之三。作者選擇了「葬禮」作場景，藉此寓情於景，是不錯的選材處理。● 借敍述直接抒情，惟失之太露太直，反而削弱了感染力。

「哇嗚嗚……」一個女孩手握懷錶趴在地上放聲大哭，流着淚，雨水一下一下輕吻她的臉，分不清哪是雨水哪是淚。「爺爺……不要走……別扔下我……你回來好嗎……嗚……我以後會很乖……不會再任性……要麼這隻懷錶還你好了……不要走……嗚嗚……」

● 懷錶再次現身，小女孩（即主角）一句「要麼這隻懷錶還你好了」，表示出她對爺爺所送的懷錶的重視。

「呀！」我慘叫了一聲，「痛呀！

你幹嘛打我？」

「廢話！你不痛，那我打你幹嘛？哇！你幹嘛哭了起來？好噁心。」這小子是我的鄰居，又是我的損友。

「功課明天再做吧！咱們去釣魚。」一派典型的損友言行。

「別催！等一下！」我甩掉了他的手，一手抓起桌上的古老懷錶往懷裏一揣。

● 匆忙中不忘收起爺爺的遺物，呼應上文起首的描述，深化主角對爺爺的感情。

「行了，走吧！」

總評及寫作建議

這篇文章的主題是借物（懷錶）懷人（爺爺）。作者選用懷錶作素材，是一個相當聰明的做法。懷錶屬舊時尚之物，符合物主爺爺的身份，它同時有記錄時間及耐用的特點，切合本文情景，甚具物是人非的況味。至於文中的三段往事，作者雖然在選材上未臻完美，但總的來說尚算得當。

作者着力透過敘事進行抒情，可惜這次「即事緣情」不能達到預期的效果。敘事應該寓情於事，在敘述中滲透作者的感情。但本文只能做到借敘事塑造爺爺的人物形象，未有在情節當中適當地抒發感情，影響了全文的感染力。

老師批改感想

　　我想「為文造情」是寫這一類文章的大忌，偏偏亦是學生屢犯難止的。抒情貴在真誠，目的在於以情感人，使人更好地領會文章的思想內容。抒情要能夠感人，就要求所抒發的必須是真情實感，否則，故多作情、無病呻吟，不僅不會感動人，反而會令人生厭。要有真情實感，根本途徑是深入生活，對生活有深切的體悟。

一隻舊手錶

年級：中三
作者：張澄
批改者：袁漢基老師

設題原因

配合讀文教學「借物抒情」的單元。

批改重點

1. 同學能借助物件抒發相關的感情。

2. 同學能真摯而自然地表情達意。

批改重點說明

同學為文抒情多較抽象、突兀，故本文要求同學借助物件抒發相關的感情，使內心的感情流露得更具體、自然及流暢。

批改正文

 範文 評語

我有一隻舊手錶，是我已去世的祖母六年前送給我的生日禮物，那手錶現在仍然完整無缺，因為那是名牌的，可以防水、防撞，不容易損壞。

● 介紹手錶的由來及其特徵，同時，輕輕地、自然地帶出懷念的對象──祖母。

這幾年來，我每天都戴着它上學，每次望着它，我總回憶起以前我跟祖母的事。我曾經非常討厭我的祖母，我覺得她很固執，食古不化，明明不關她的事，也要管。我喜歡吃零食，她說吃零食沒有益處，叫我不要吃；我喜歡玩電子遊戲機，她又說玩電子遊戲機沒有益處，叫我不要再玩。有空閒的時間，她總會給我講一些人生哲理，我真的覺得她很令人煩厭。

後來，當我九歲生日快到時，她知道我十分喜愛那隻手錶，便獨自到商場買下來送給我。我既開心又驚

● 第二、三段由物及人，看見手錶，回想起與祖母的關係及自己對祖母的偏見。後來，收到祖母送贈的生日禮物──一隻自己心儀已久的手錶，徹悟祖母對自己的愛。兩段合來，由反入正，寫之前對祖母的討厭之情，反而增加了今日的悔疚，進一步凸顯了對祖母的懷念。

訝，想不到祖母會送一隻那麼貴的手錶給我。

之後，祖母因病去世了，我真的很後悔當初沒有珍惜眼前人，沒有孝順我的祖母，其實她是很疼愛我的。如今，我會更孝順父母，以免將來後悔莫及。

● 結尾直接抒情，表達對祖母的悔意及緬懷之情，同時，提出積極的反思，寫來深刻真摯。

總評及寫作建議

同學通過對一隻舊手錶的描述，表達出懷念祖母及其對自己的關愛之情，感情表達得具體、自然和深刻。中間兩段，尤其出色，一反一正，反亦即正，同學從反面下筆，寫之前對祖母的討厭之情，實質反映了祖母對自己的關愛，引申而來，一方面表達了悔意，同時，深化了對祖母的懷念之情。

文章結構完整，同學借物抒情，當中祖母對作者的愛及作者對祖母的懷念之情表露無遺。至於同學對祖母的懷念，包含了悔意，大概人生不無遺憾，故本篇讀來更覺耐人尋味。

我的舊居

年級：中四
作者：區啟謙
批改者：袁漢基老師

設題原因

　　配合讀文教學。剛教完抒情文，故設此題讓同學鞏固在讀文教學中之所學。

批改重點

　　1.同學能藉寫景以抒情。

　　2.同學能藉記事以抒情。

批改重點說明

　　同學抒情多較空泛、抽象，本文要求同學通過寫景、記事以表情達意，情感要具體、自然。

批改正文

範文 　　　　評語

　　西環除了是香港一個最古老的地方外，對於不少長者而言，亦充滿着各種各樣的回憶，而我也曾住在這片「樂土」上，直到現在，不少回憶仍在我的腦海浮現……

● 開篇即帶出所懷念的對象——西環。她雖然古舊，但在作者的心目中，長留印象。

　　在我出生直到五歲的那段時期，我們一家人都住在西環的一座舊式唐樓。每逢上學、放學都會經過那一條曲折而殘舊的樓梯，每每在放學後都有不少孩子在這裏玩樂。而我就住在七層唐樓的最頂層，一打開大門，頓時視野廣闊，一個開揚的客廳，旁邊是一排窗戶，往外遠眺，是一個世界聞名的港口——維多利亞港。每次我感到孤獨和不快時，都會坐在上，遠望維港，心情也漸漸的平靜下來，而且她也是我最好的聆聽者，不論甚麼

● 描寫舊居內的環境及遠眺時的景象。舊居不僅給作者提供了棲身之所，也給作者心靈的慰藉。本段在寫景中，包含了深厚的感情。

時候都默默地聽着我的傾訴，就像一個慈母一樣。

在早上日出的時候，維港被太陽染得金黃，在海上的船隻也漸漸移動起來，街道上的汽車熙來攘往，各人也開始新一天的工作。有時候，在街道上會傳出小販的叫喊聲，亦會隱約嗅到荷葉飯的香氣，每次嗅到這種香氣，也會讓我勾起從前母親常買荷葉飯給我吃時那張親切的笑面。

到了黃昏的時候，又別有一番景象，維港的景色與窗花形成一幅美麗的圖畫，令居所突然顯出一份平靜。其實除了北面有這些美麗怡人的景色外，在東面的窗戶也有些特別的「景象」。這個窗戶正對着別人的家，更甚者，是可以觸及到別人家裏的人呢！

● 第三、四段以時間為序，敍述了在舊居時，早上及晚上的生活細節，寫來親切具體，具有生活氣息。當中緬懷了昔日舊居中的溫馨和趣味。

時至今日，西環已經面目全非，不少地區都經歷了重建和清拆，重回舊地時也少了一份熟悉親切的感覺，也許昔日的舊居只能長留在我心裏。

● 指出現在的西環面目全非，變遷不小，故此熟悉而親切的西環，只能在作者心中尋找。結段抒情餘韻悠然。

總評及寫作建議

本篇文字通暢，同學通過描述舊居面貌及記敍舊居生活的情景，表達出對舊居，甚至舊區的懷念之情，寫來自然而富有趣味。難得的是，同學抒情既沒有流於空洞、抽象，也未有肆意渲染，而是字裏行間流溢着淡淡之情，娓娓道來，如朋友細訴舊事般，舒適自然。

老師批改感想

　　抒情文一般的弊處，有的流於為文造情，欠真情實意；有的抒情突兀生硬；也有的抒情內容抽象、空洞。以上種種，均為抒情之大忌。故若要求同學寫抒情文，可以指導他們通過寫景或記事以表達情意。低年級的同學可嘗試借物抒情，好使情感抒發得更具體自然。同學可參考陶潛的〈歸去來辭〉及西西的〈店舖〉，前者借記述歸田的經過及描寫田園的環境，表達自己酷愛自然之情；後者藉細述古老店舖的特色，表現對即將逝去的舊事物的眷戀。兩者當中對直接及間接的抒情手法運用純熟自然，值得再三學習和回味。

我

年級：中四
作者：陳藝
批改者：郭兆輝老師

設題原因

學校的學生發展小組要求每個學生為自己擬定本學年的發展目標，他們除鞏固自己的優點外，並要就自己的弱項，擬定提升的目標。這道題目正好讓學生思考他們自我了解的程度。

批改重點

1. 情感真實。
2. 選材恰當。

批改重點說明

1. 很多學生都認為抒情文是最容易寫作的，只需把自己的感情說說便成，以致文章寫來的感情流於表面、浮泛，又或是矯揉造作。故此，要求學生寫出真情實感。

2. 不少學生抒寫自己的優點和缺點時，都是流水賬般記述；沒有選取適當的材料來表達自我的評價和期望。這次寫作要學會透過記述具體事情，使抽象的感情變得具體。

批改正文

範文 　評語

人們常說：「任誰再了解你，但遠遠不及自己清楚。」這句話說得很對。往往別人知道的只是表面一部分，就算再交心的知己，了解的也只是多一點而已。這種情況應歸咎於潛意識的自我保護吧！我想沒有人喜歡自己像赤裸着的身子般任人觀看。所以通常都會將某部分的自己隱藏，只讓自己知道。而我，也會將自己一部分躲藏起來。

● 清楚表明將自己部分隱藏起來的原因，感情真摯坦率。

我是個毫不起眼的人，生長於一個小康之家。在旁人的眼裏，自己是個十分堅強、爽朗和健談的人。無論遇上多大困難或是受了多大挫折，我只會一笑置之，當是一些雲淡風輕的事。但其實這只是很表面的我。有時候，我會為一些事情而沉默，這並不

● 表達了旁人無法了解自己的無奈，感情真實自然。● 能透過具體事例表達內心的矛盾感情。

是我有甚麼不滿，而是我想靜下來獨自想想。然而，有些朋友便因為我不說話而追問我發生甚麼事情，甚至因此令自己感到厭煩。這都是因為自己平常愛說話，一張嘴巴好像不能合上似的；自己在朋友前永遠都是那麼開心，不曾掉淚。但又有誰知道我每每夜深人靜時，會獨坐在窗前或牀上輾轉難眠；又或在互聯網上看了一篇文字，甚或看了一則電視新聞報道，而流下淚來。其實，我也不清楚自己為甚麼在人前人後的表現會有那麼大的差別，說不定在人後的我才是最完整的我。

總括來說，白天的我不同午夜的我。縱使日與夜的我有那麼大的分別，但我，仍是我。每個時刻的我都是真實，開心時我會大笑大叫；不高興時，我會靜一會兒來想想。待想通

● 剖析真我，情真意切。● 末句與首段呼應，點出沒有人能真正明白自己，最了解自我性格的只有自己。強化了沒有人了解自己的無奈。

後，又會變回原來的我——不會讓不開心的事常纏心間。所以，無論白天多麼不開心，到了第二天一覺醒來，我又是個快樂的人。這是個沒有人知曉的我。所以最了解自己的人仍是我。

總評及寫作建議

　　文章抒發的感情尚算真摯，既表達了無人了解自己的無奈，又流露出內心的矛盾。惟內容不夠豐富，選材雖恰當，卻不具體；也沒進一步剖析性格表現差異的原因，而且欠缺抒述自我的期望。倘能透過具體事情抒發內心的感受，不僅會豐富文章的內容，也可以加強文章的感染力。

假如我是林村的許願樹

年級：中四
作者：黃嘉燕
批改者：郭兆輝老師

設題原因

　　講授徐志摩〈再別康橋〉的讀文後，要學生學習作者憑藉景物抒情的寫作技巧，便以新年林村的許願樹斷枝設題，讓學生抒發感受，並藉此反思人與大自然的關係。

批改重點

　　1. 主題明確。

　　2. 借物抒情。

批改重點說明

　　1. 學生寫作最容易犯上主題不明確及內容東鱗西爪的毛病，這次寫作要求學生藉許願樹的遭遇，確立文章的主題思想。

　　2. 學生抒寫感情流於平鋪直敍，難以感動別人。要求學生代入許願樹的角色，抒發許願樹的傷痛和不滿，讓人感同身受。

批改正文

我是一棵受大眾歡迎的樹，在大埔林村可以說是鶴立雞羣，所有善男信女都必然來探訪我。

我是大家的精神支柱，也是大家希望的寄託。只要在寶牒寫上自己的願望，然後把一個橙繫着寶牒，一塊兒地拋到我的軀幹上，拋得愈高，願望愈容易靈驗。在清閒當兒，我悄悄地偷看臂上的寶牒，他們所許的願望，全看得一清二楚，都是希望身體健康、天賜橫財、美好良緣和學業進步。

我那龐大的身軀，佇立在林村門前，遮風擋雨，招運財來。我的七手八臂，全掛着無數的寶牒願望。我要使盡九牛二虎之力，把所有寶牒都承載在臂彎上，久而久之，身上的負荷

● 開端用第一人稱敘述別人對自己膜拜的沾沾自喜的心情，成功代入許願樹的角色。

● 許願樹的心情由喜悅漸漸變得沉重憂心，感情真實自然。

也愈來愈沉重。

市民為了解決心中疑難，紛紛走來許願。他們未拋寶牒前，眉間還深深地鎖着，只見他們雙手拿着一炷清香，口中唸唸有詞，然後用盡力氣一拋。如果能夠把寶牒成功掛在我的臂彎上，臉上便展現燦爛的笑容，心滿意足地離去。不成功的便屢敗屢試，不達目的不罷休。他們這種堅毅精神確令我感動，我卻因此給他們擲得遍體鱗傷。

● 作為批評人們迷信的主題思想伏筆，確立文章主旨。

我是無良的販賣寶牒小販的賺錢工具，我也是迷信的許願者的希望寄託之所。雖然我是遠近馳名的一棵大樹，但我跟其他樹木沒兩樣，也有樹幹，也有樹葉。不知甚麼原因，他們每次都把重重的寶牒掛在我的身上，便以為把願望掛上了，願望就會自動自覺地實現。我只是一棵普通不過的

● 批評人類的自私愚昧，深化文章的主題思想。

大樹，何來有如此的神力，去實現每個許願者的願望。我雖是他們的精神寄託，但有沒有必要常將重重的寶牒年年月月地擲到我的身上呢？那些攤販為了賺取更多金錢，不獨賣寶牒，也賣元寶香燭。結果，累得我終日睜不開眼睛，甚至涕淚交流。

日子一天一天地過去，身上的擔子也愈來愈重，讓我身心疲倦，身軀給弄得千瘡百孔。久而久之，人們對我的皮肉之苦固然視若無睹，對我的內心痛苦更是漠不關心。他們關心的只是自己的願望會否實現，把個人的快樂和憤怒全建築在我的傷痛之上。直到某天，一聲轟然巨響，我的一隻手臂膀垮掉了，終於有人關注我這個年事已高的老伯伯了。愛護大自然環境的話題，在社會上引起極大回響。假若及早發現，我也不必受此傷害。

● 抒發自己身心俱疲的苦痛和不滿，令人同情；也對攤販不理樹木死活的自私貪婪行為，感到憤慨。
● 點明文章的主題思想，但批評「善信」的不勞而獲心態與上文對人類的批評不一致，有畫蛇添足之弊。

然而，受到更大傷痛的，還是那些仍

未醒覺、迷信不勞而獲的「善信」。

總評及寫作建議

　　作者成功代入許願樹，抒發的感情豐富真摯。許願樹由開初的志得意滿變成後來的哀痛怨憤，變化自然。文章的主題思想明確，批評人類的自私貪婪和不勞而獲的心態。但文末指「善信」仍執迷於不勞而獲會受到更大的傷痛，意思則較隱晦。若能説明他們受到甚麼傷痛，文章的説服力和感染力會更強。

老師批改感想

　　除了記敍文外，抒情文可以說是中學生較易掌握的文類，但要寫來感情真摯動人，自然而不造作，卻殊不容易。很多學生寫作抒情文都以敍寫事情為主，最後加上兩三句感想，這樣的文章自然不能打動人。要改善這種情況，先要學生細審題意，設定抒發的感情方向，配合自己的生活體驗；再運用借物抒情或情景交融的寫作技巧。文章自然做到真摯感人。

下雨天真好

年級：中四
作者：羅俊威
批改者：陳月平老師

設題原因

在剛學習的記敍文及描寫文的基礎上，學懂如何選擇題材，運用描寫及記敍手法，以抒發個人情感。

批改重點

1. 描寫手法，如正面／直接描寫、襯托等手法的運用。

2. 敍述手法，如倒敍、插敍手法。

3. 即景生情的運用。

批改重點說明

1. 情感是不可捉摸而變化萬千的，訓練學生運用描寫手法以及其他的修辭手法，如襯托或對比等，從而做到通過事物寄託情感，使文章的感情抒發不會流於空洞。

2. 能否恰當運用倒敍或插敍手法，以凸顯文章的情感抒發。

3. 事物是引起情感的主體，但對事物的描述，學生一般會流於巨細無遺地描述，故希望透過寫作練習學懂裁剪，恰如其分地表達事物，達到情景互相配合。

批改正文

範文

評語

天空總是黑壓壓的，都已經好幾天了，就是不曾下過一滴雨。大氣重得讓人透不過氣來，看來初夏的第一場雨，即將在眼前傾盆而下了。天空不時「轟隆轟隆」作響，仿佛在向人們申訴着，抱怨大家將夏雨遺忘了，在警告大家：「天空快要塌下來了，大家做好準備了嗎？」一團團的烏雲夾雜着閃爍的電光，一浪接一浪地翻滾着，氣勢磅礴。連躲在家裏的我，也被那懾人的氣勢嚇至瑟縮一旁。

不消一會，嘩嘩的雨點拍打着堅硬的玻璃窗，街道上的泥塵初時還作出一絲微弱的反抗，並揚起一陣灰塵，可惜，馬上便被機槍般的雨點撲滅了，屋外的鐵片更嘩嘩地叫喊着。不僅小草花兒們被吹打到連忙點頭，

● 直接描述當下所處的環境。● 通過聽覺、視覺細膩地描述天氣。● 直接抒發個人對天氣的感受。

● 通過聽覺描述雨勢，生動地凸顯出凌厲的雨勢。● 利用草木襯托急速的雨勢。（襯托手法）

連平時一向高大挺拔的松樹都被盛怒
的風雨吹彎了腰。

我的思緒馬上飛回只有六七歲
時的我，當時的我只會玩，一到了暑
假便回到外婆的家裏，雖然是鄉間地
方，對其他人來說只不過是一個充滿
牛糞臭味的地方，可對我來說，卻是
一個樂園。那裏的一切，都成了我和
表妹的遊樂設備，令我印象最深刻的
是家鄉的樹木，夏天猛烈的太陽，
把松樹曬出陣陣松香，而我們幾個野
孩子，都汗流浹背滿山跑，掛在肚
子上的紅布袋子裏，滿滿地裝着幾個
大蘋果，到現在我還記得——那時我
們是準備到深山裏，去尋找那片野果
園地，可是，那次有趣的探險，卻讓
外婆苦苦擔心了我們整天。那一天，
也正正下了好大的一場雨，好像想把
我們沖下山去，好在只不過是一場驟

● 從眼前的「雨」回到過去。● 運用倒敍手法，記述小時候探險的事件。● 貼着題目「雨」作記述，緊扣文題。

雨，我們躲在祕密基地裏一會兒，黑雲也飄走了。

雨後的光景，真教我一見難忘。雖然是一場驟雨，一向乾巴巴的泥地也被沖出了一個個的水窪兒，澄清的水窪，把藍藍的天空倒映在我們的眼簾裏，我們卻把這些水窪，當作一個個的地雷陣，看誰好運沒踏上去。而路邊的小草兒，一個個都掛着晶瑩剔透的淚珠，而在池旁的荷葉上，一顆顆動人的珍珠不停地打滾，可是，一不小心便滑出荷葉的保護，又化作一滴小水點，無聲地躺進泥土裏。淙淙的流水聲，漸漸地流進我們的耳朵裏，我們循着水聲，急步走向那山澗的清泉旁，剛下過的一場驟雨，令到山澗的水流更急，而那清澈的泉水，可以清晰地見到泉底下的每一顆細石，我們都渴了一整天，自不然爭先

● 通過視覺、聽覺細緻描述雨後的景物。視覺：荷葉的描述生動，而且與夏天的季節配合。（選材顯心思） ● 清泉的冰涼與夏天的酷熱作對比。（對比手法）

恐後地把頭埋進去，大口大口地豪飲
着，清涼的泉水把我們一整天的暑
熱，一掃而空。

　　我還記得我這個城市長大的笨
小孩，反被我的表妹取笑過來，因為
我一抬頭，看見遠遠的藍天上，掛着
一段迷人的彩虹，隱約地浮沉在藍空
中，這是我第一次親眼看見彩虹，不
期然地大呼小叫起來，可是我的表
妹，只是冷冷地應我一句——「少見
多怪」，真沒趣。

● 利用「我」和表妹對景色的反應作對比，顯露城市小孩的天真爛漫。（對比手法）

　　這一場初夏的大雨，嘩嘩地下了
大半天，還沒有停下來的意思，我看
這老天真的要來個報復吧，要把整整
一個多月儲下來的雨，一下子倒個精
光吧！同時，把這骯髒的城市，徹底
地洗刷乾淨。任憑雨怎樣下，我也要
埋頭在書本上，為我明天的測驗作出
垂死的掙扎，我不能再像小時候那個

● 直接抒情，流露出對小時候的緬懷。

無憂無慮的我那樣，等待天空雨後放晴，再到那美麗的大自然去探險。可是，雨後那美麗的一幅幅畫像，卻永遠留在我心裏。

下雨天真的很美好！

總評及寫作建議

本篇抒情文是借景抒情。作者通過「雨」這主線穿梭於現在及過去之間。運用倒敍手法描述小時候故鄉夏季的下雨天，從而抒發對小時候、故鄉的緬懷之情。

本文描述手法細膩生動，其中視覺、聽覺等感官的描述皆能配合下雨天的氛圍。在聽覺方面，其中描述雨水敲打玻璃、鐵皮屋等的聲音描述，遠較直接敍述雨點生動。視覺方面，以荷葉的描述最顯心思，選材恰當，頗具詩情畫意。

寫作抒情文所遇到的問題，往往是流於空洞或情感造作，因此選材是十分重要的一環，對事物的描述要加以裁剪，如文題「下雨天真好」就選擇經常下雨的夏季以及夏季的植物荷葉，通過這些具體的事物寄託感情，效果會更真切。

大海

年級：中四
作者：李宇
批改者：陳月平老師

設題原因

　　學生已完成一次命題的抒情文，大致能掌握基本技巧，所以這次的練習是自由題，希望學生發揮的空間會更大。

批改重點

　　1. 題材的選擇與情感的抒發是否吻合。

　　2. 描寫手法，運用直接或間接描寫。

　　3. 修辭手法，如擬人、比喻、獨白等手法的運用。

批改重點說明

　　1. 要將感情抒發出來，往往是透過敍事或寫景，故題材的選擇是十分重要的一環，恰當的題材會使情感的流露自然而真切，使讀者心同此感，不會流於矯揉造作。

　　2. 對事物的描述通過甚麼方式表達，在描述事物時有否做到取捨的工夫，以配合個人的情感。

　　3. 其他的修辭技巧，如擬人、比喻法的運用，皆有助情景的渲染，可訓練學生能否於記述事物時運用這些修辭手法。

批改正文

範文 　　　　評語

　　天亮了，大海被浪花拍岸的嘩嘩聲吵醒了。此時的大海很平靜，小海浪奔上沙灘，滲濕柔沙。我赤腳踏在柔沙上，軟綿綿的，還能感覺到海水的餘溫。

● 直接描述身處的環境。(擬人法)

　　在海邊有無數的貝殼、小蟹和漂亮的小石頭。我拾起一個貝殼，想起了小時候來到海邊，總愛問媽媽：「媽媽，這些漂亮的貝殼、小石頭是大海送給我的嗎？」媽媽點了點頭。每次在沙灘拾些貝殼回家時，我又總愛悄悄對着大海說：「謝謝你的禮物，大海。」大海是偉大的，他是魚兒、草兒的生活根源。他保護着海洋生物，甚至是保護着全世界。大海是莊嚴的，他像嚴厲的父親，又像嚴格的老師。能和大海交上朋友，令我受寵若

● 從眼前景物。回到從前。(倒敍手法)
● 感謝大海的貢獻。(直接抒情)(比喻句)(對比手法)

驚。我很想了解這神祕的朋友，徹徹底底地了解。但我不敢！不敢！

　　黃昏了，大海累了。他在歇息。海面上輕輕蕩漾着一層層的柔波，是大海的心跳嗎？還是大海的呼吸？「好好休息吧！朋友！」大海大概沒想到我會用關懷的口吻問候他。他很驚訝！也許是他太寂寞而已。一陣西北風吹到，波浪又使勁地翻了一翻，仿佛是大海在耍脾氣，埋怨着沒人和他聊聊天、談談心。是呀！人們將這位知己忽略了，不但不關心他，而且還拼命地傷害他。誰來呵護這位已受傷的朋友！我嗎？我想我的能力太小了。

　　天漸漸地黑了下來。我踢打着浪花，隨着大海跑來跑去。嘻嘻哈哈。我不怕黑暗。我信任大海會與我共同進退。這時，海的中央掀起小浪，似乎是大海贊成我的想法。頓時，我

● 利用擬人法、反問句的修辭技巧，對大海作描述。同時，責備人類對大自然造成的傷害。

● 通過大海的獨白，記述大海的變化。該段表現出作者淡淡的哀傷，歎息人類對大自然的破壞。回應第二段描述從前大海的面貌。

高興極了。大海給我講了個故事：很
久很久以前，大海本是清澈透明，由
淡水形成的。後來，人們不珍惜他，
甚至傷害他。他很傷心。哭了很久很
久，眼淚把原本的淡水變成現在的鹹
水……

此時，大海睡了。我也睡了。

總評及寫作建議

本文所選擇的對象是自然界景物，通過大海這個對象抒
發作者的感歎，歎息人類對大自然的傷害，題材恰當，流露
出自然而真摯的情感。

本文的描述簡潔流暢，較多運用直接描寫或直接抒情手
法，表達個人的感受。作者利用大海的獨白，記述大自然的
變化是由人類造成的，轉折自然。

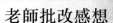

老師批改感想

　　抒情文可說是各種文體，如記敍、描寫、說明等體裁雜糅而成的。一般而言，是通過具體的事物寄託情感，利用描寫手法、各種修辭技巧，如對比、襯托等渲染景物，從而達到即景或即事生情。

　　然而，常見的毛病是學生所抒發的情感流於空洞，這與選材有關。在選擇題材方面，可以自然界事物、社會上的真實事件以及個人生活上的變化為對象。通過這些具體的事件寄託不可言狀的情感，會使讀者讀來心同此感。

行山時多種多樣的感受

年級：中四
作者：李妍
批改者：陳傳德老師

設題原因

1. 近年會考趨勢，出題者喜歡考核學生能否在特定時間、地點，針對當時身邊發生的事來抒發情感，這是同學的校內試題，希望同學能熟習會考模式。

2. 同學寫抒情文時，較常見的錯誤是把抒情變成抒發議論，忽略了抒情文裏重情感情緒的多變。這題目想考核同學對文題的理解及能否按題目重點，即行山時的所見所聞來抒發情感。

批改重點

1. 掌握具體抒情的寫作能力。

2. 書面表述，運用修辭手法提高抒情效果。

3. 掌握審題能力。

批改重點說明

1. 因為同學抒情常欠具體，所以列為寫作要求。

2. 中四同學已掌握辨析修辭手法的能力，希望他們能應用於寫作。

3.由於同學的文章情緒變化較少，所以情緒變化以「多變」為優。

批改正文

範文 　　評語

二零零四年八月二十七日，早上六時，我如常往飛鵝山山頂晨運，那天空氣清新、風景怡人，令我有一種無拘無束的感覺，覺得自己的身體比燕子還輕，我快步上山，不一會已走到半山，胸懷壯志，想快點走上山頂，征服這座飛鵝山。

● 一開始的情感昂揚輕快，把自己的身體比喻成燕子，非常貼切。

再走上一點，遇到一批形迹可疑的人，立時我腎上腺素急升，因為他們似乎是非法入境者，手持各式武器，可能有不軌企圖。我手震腳震地打算報警時，忽然眼前一黑，便不省人事。

● 寫自己因緊張而手腳抖動的表現，使緊張的情緒更形象化。

天，降下一陣濛濛細雨，我由迷迷糊糊中醒了過來，感覺後腦像着了

火一樣，正當我想伸手揉一揉頭時，我倏然地發現雙手都不能動。我用力搖一搖有些糊塗的頭腦，有些紅色的液體慢慢流下。我要自己清醒一些，努力張大眼睛後，發現自己已經被綁在樹上，身邊沒有任何人。一陣空虛和孤獨，瞬即襲上心頭，頭痛加上失血，令我又冷又痛。

空虛和孤獨擴張了恐懼的地圖，使我驚慌起來，全身都不由自主地顫抖。我十分焦急，急得想大喊，想大叫，想用力呼出一口氣，可是當我張開口時，才發現自己連一點聲音都吐不出來；我再一次張口，但都徒勞無功。我成了一件不能發聲的唱機、一個壞了的音樂盒、一部沒有鈴聲的手提電話，難道我要遭受餓死荒野的命運，像垃圾般在人間消失？

● 直接寫自己的緊張及不能發聲的困苦，用排比句，急而短，使情緒更見緊張。

口中的毛巾，讓我成了啞巴，我為自己的不幸大哭，哭得穿腸斷肚，像失去親人一樣傷心，我發出無聲的悲吟，感覺生不如死。飲泣了一陣，才慢慢平靜下來，我的理智才又回到了腦子裏。哭是解決不了問題的，不過，如果我不哭，情緒就不能抒發。果然，哭了一陣子，我的心緒平靜多了，像泛濫後的平原，儘管紊亂，但又帶來了生機。

● 情緒由驚慌變回平靜，情緒的轉折有合理的解釋，不是為多變而變。

理性提醒我這時候最重要是保持平常心，用理智的態度去解決問題。我開始想辦法解開綁在我身上的繩子。我拚命掙扎，希望可以掙脫這條如大蟒蛇般緊纏着我的繩，它雖硬如鋼鐵，但我的求生意志如熊熊烈焰，定能燃燒一切。我用力，出盡九牛二虎之力，直至筋疲力盡，不斷嘗試，絕不灰心，可是，最終我始終掙扎不

● 用火來比喻求生意志，非常貼切；後面用火熄滅，表示意志轉弱，上下文呼應。

開纏着我的這條可怕的蛇。我心中的火弱了、冷了、熄滅了。

好不容易，待我回過力氣時，太陽已要下山了。我掛在樹上，從早上一直待到黃昏已有一天。常聽人說「光陰似箭」，我說其實「度日豈止如年」，時間過去得真是太慢了。這麼長的時間，並沒有任何人發現我，再加上我長時間沒有吃東西，又拚命掙扎，身體好像有些缺水，再也使不出一分力氣了；而且，這段時間除了有蚊刺我，還有流浪狗想咬我。太陽下山，天氣轉冷，這一切一切都令我難以忍受，我驚慌，我冷，我頭痛。我心灰意冷，萬念俱灰。

太陽離去，黑暗來臨。那一刻，我想到死亡，又想到了家人，我發覺自己以前實在太忽視家人了，除了工作又是工作，根本沒有時間陪伴他們

● 經歷了一天的折騰，作者感到灰心，是合情合理的發展，作者常用排比句帶出感受，使表達的情緒更強烈而具體。

左右，我希望補救自己的家庭關係，但是一切已經太遲了。餓死在這棵樹上將是我的結局。我為自己的短暫人生，流下了一串又一串的眼淚，淚水滴在地上，轉瞬又消失，我的一生難道就像這些淚水嗎？

我絕望的時候，前面出現了一個背光走來的長者，那一刻，我真以為上天派來了一位天使。他用小軍刀解開了我身上的繩，救了我，令我重獲新生。他幫我報警後，待警員來到便走了，並沒有要求我說一聲多謝，就自行離開了。我十分感謝他，他真是一位可敬的長者，一位大善人、大恩人。

若然沒有他，我可能已經不能存活在這世上，再沒有機會改善與家人的關係，我衷心地感謝他的一切，他恩重豈止如山，飛鵝山有多高，都比不上這名長者的德行高。

總評及寫作建議

　　這篇文章抒發的情感能緊扣題目「多種多樣」的重點，由輕鬆、蠻有自信，發展成驚慌、冷靜、振作，再至灰心、失意，最後還有感激，情感變化起伏雖大，但合情合理。

　　把行山時遇劫的不同情緒表達得淋漓盡致，抒發的情感與事件發展設計得令人信服。寫自己的動作來表達情緒及常於每段尾部，用比喻及排比句，突出個人感受的修辭手法，使人印象深刻。

聽一首歌曲後的複雜感受

年級：中四
作者：黎芷因
批改者：陳傳德老師

設題原因

1. 聽歌有感而成名篇的文學作品多不勝數。聽音樂是不少學生課餘的娛樂，而聽歌最大的享受就是情感的共鳴和抒發，這條題目應能引起學生的興趣及喚起他們的獨特經驗，而且配合〈聽陳蕾士的琴箏〉這篇課文作單元練習。

2. 一首動人的歌曲旋律和歌詞往往會有不同的變化，這篇作文想考核學生能隨歌曲音樂的變化，一邊細聽一邊抒情的能力，題目指明感受複雜，所以要有喜有悲。

批改重點

1. 聯想能力。

2. 用日常生活常見的事物做比喻來抒發感受。

批改重點說明

1. 有時同學抒情會扯得太遠，所以要求同學的聯想必須由聽歌而起。

2. 有時同學的比喻，把抽象的感情說得更抽象，所以要求用日常事物做比喻。

批改正文

 範文　　　　　　評語

我興高采烈地把剛買回來的唱片帶回家中，還未換衣服，便急不及待地把這張新買的鐳射唱片放進唱機中，因為我實在太想聽這張唱片了。這張唱片有一股不可抗拒的魔力，時時引誘我去買它和聽它。今天，我終於如願以償。

● 首段抒發的情感熱切。

我急不及待聽這首歌曲，全因之前在報紙讀到這首歌的歌詞，歌詞內容是關於對父親的愛，仔細描繪了對爸爸的關懷和愛護，使我想起了自己的爸爸，和平常自己對父親的諸多不是，由是非常感動。當時，我拿着報紙的手不住顫動，熱淚盈眶，淚水使報紙的色彩模糊，在報紙上留下了一個個小水漬。

● 述說了歌曲的內容，還因有感而發，聯想了自己與爸爸的關係，這個聯想順理成章。

現在，我要重溫那些教人難忘的歌詞，而且歌詞配上了美妙的旋律和

● 寫聽到美妙音樂的感受，用食物來形容，既親切又具體。

音樂，這跟添了水果的冰淇淋一樣，感覺應更加深刻。況且那歌手向有「人美聲甜」的盛譽，歌詞、歌曲、人聲三合一，應比三合一咖啡的味道更濃，比三杯難更惹味吧！

歌聲悠然升起，音樂的節奏不徐不疾，詞的內容正細細地訴說著童年往事，這令我想起了兒時與父親遊玩的情景。父親的臂膀多大、多強壯，一手揚起，即能送我往天上飛，一飛衝天，一定要這小小的嬰孩盡興才垂下。

● 寫作者由音樂的速度，聯想了兒時與父親遊玩的情形，過渡自然。

接著音樂急速起來，詞的內容也訴說出了隨著個人的成長，詞中人與父親的距離似乎愈來愈遠，一幅幅的隱形牆，把兩個本來是血脈相連的個體，愈隔愈遠，因為理想、因為自由，使兩個星體發生了猛烈的相撞，自此，二人形同陌路，不相知，不相聞，最後更發展至不相見。這都使我想起了自己踏入中

● 借音樂的急速，帶出成長時父女關係的疏遠和個中感受。

學校園後，與父親真是疏遠了很多。父親下班時，我不再像以往般會「飛」出房外迎接，我只會繼續做我的功課，聽我的歌，看我的電腦。

漸漸地，音樂變得輕緩，歌詞說父親頭髮已經花白，女兒請求白髮的父親原諒自己的任性，才發現父親早已寬恕了這個不孝女兒，二人的心又再一次走在一起。這令我有立即打電話給父親，請求他原諒我這幾年來的冷漠的衝動。這首歌無論旋律和歌詞，都太美妙了。我聽後，有一種溫暖的感覺，心口仿佛多了一個「暖包」，讓冬天的心頭都變得熱呼呼的，好像喝了一杯熱檸蜜。

不過，整首歌都有美中不足之處，就是女歌手的聲音太高太甜，她的中氣又不足，把一些本應溫柔溫馨的地方，也唱得像吵架一樣。一首好歌，總需要一個好歌手去演繹。這首

● 批評歌手的言論，用一連串的比喻，表達出心中的不滿和遺憾，非常具體。結尾再呼應自己對親情的聯想，使主題明確。

歌既是一頓美食，卻給一個差勁的廚師糟蹋了。情況似一匹很好的衣料，現在卻給差勁的裁縫浪費了。我聽這歌時，就像冬天時置身一所高級酒店，洗澡時，在裝潢華貴的浴室中發現竟然沒有熱水一樣，真令人可惜可恨。

這種美中不足的感覺，我揮了好多下頭，都驅之不去。畢竟，用水晶杯來盛載麵條，用絲綢作地毯，始終是一種遺憾。不過，它教了我要珍惜眼前親人的道理，我會好好收藏這張唱片的。

總評及寫作建議

這篇文章寫的情緒切合題目複雜的要求，作者的情緒由熱切期待、溫馨甜蜜到遺憾，情感複雜，其中既有對父女情的思考，也有對藝術的批評。

這篇文章最令人印象深刻之處，在於善用一些日常生活常見的事物作比喻，使抽象的感情具體化，而且讓讀者有親切感。

不過，我認為若把對父親的聯想那部分的篇幅加長，抒發對父親的關愛之情當可更深刻動人。

老師批改感想

　　同學常把抒情文看得太簡單，對其中的抒情太普通、片面。老師宜要求高年級學生表達較複雜的感情，而且在不同環境下，有合理的情緒表現。老師教導同學寫抒情文時，宜要求同學多用比喻，這才能使情感具體化。而且老師宜提出一些日常生活中較常見的事物，鼓勵學生多加聯想，才能有較好的情感抒發。抒情文若太冷靜，就會似抒發見解，所以在用字用詞上，同學可運用多一些富情感的字句，有時寫一些如詩的句子，可使整篇文章更有美感。

我的志願

年級：中五
作者：吳兆鳳
批改者：彭志全老師

設題原因

跟學生說起將來，談到「我的志願」，讓他們說說自己未來的志願是甚麼。本文以一個「角色扮演」的角度，假設自己是一位醫生，藉所見所聞抒發感情，又從側面抒發對醫生的感想。

批改重點

1. 想象的能力。

2. 因應不同對象的抒情能力。（懷人、感事、感物、感時）

批改重點說明

1. 本文通篇透過想象，假設自己是一個醫生，藉此審視學生的想象能力。

2. 本文分別從不同角度去抒發對當醫生的感情，審視學生因應不同對象的抒情能力。

批改正文

 範文

 評語

　　小時候，老師問起「我的志願」是甚麼。回到家，我摸着頭問爸爸：「爸爸，我長大後應該做甚麼好呢？」爸爸笑着回答：「當然是『醫生』！」當時就是他一句的說話，影響了今後的我！

● 簡單的一句提問，把作者的志願交代了，同時，也反映了這個志願是受父親所影響的。

　　爸爸雖然沒有高薪厚職，但他每一句話也很有道理。爸爸從小便跟我說當醫生的意義：「會從感激的眼神上找出成功感」、「使患病的人脫離病魔的折磨」等等。每次我患病的時候，看見了醫生，總會有種從地獄中逃脫出來的感覺，就算那位醫生多麼的陌生，他的親切仍然直入我的心窩，因為我知道只有他才能救活我。

● 從爸爸的言談間，抒發了對醫生的感想。再從自己的親身經歷，抒發選擇醫生作終生職業的原因。

　　「醫生！醫生！」病人總是那麼稱呼我。記得我在眼科當實習醫生時，

● 運用想象力，代入醫生的角色，從醫生的眼中看待病人，總

每天我帶着燦爛的笑容和憐憫的眼神對着他們，心裏卻總感到些悲涼。病人的眼睛都有或大或小的毛病，我對着他們微笑，他們卻看不見。但是他們也很開朗，可能就是他們的開朗感染了我，我也變得開朗起來，但開朗背後的悲涼就只有我自己才知道。

在這時候，我認識了一個病人叫徐宏志，他很喜歡畫畫，還在大學修讀藝術，可惜他患上了眼疾，這個病可能會隨時復發，也可能幸運地一輩子也不會復發。這個病使他放棄了畫畫，脾氣變壞了，他自暴自棄，令人不敢親近。我每天探望他，他開始不願意跟我說話，後來日子久了，我倆無所不談。我知他每天會用放大鏡看報紙，我為免他眼睛受苦，便天天來為他讀出報紙上的內容。每次我為他讀報完畢，他的眼神總會充滿歎息、

懷有一股憐憫之情。通過作為醫生，抒發對病人的看法。

● 繼續透過想象力，建構故事以抒發對眼疾病人的體諒和憐憫。敍述自己不斷以愛心關懷病人，使病人逐漸開朗起來。從病人前期的「脾氣變壞」、「自暴自棄」，到後來慢慢地接受自己，通過這些轉變抒發作為醫生能幫助病人，心靈滿足不已。

感慨和感激，雖然他沒有說出來，但我是感受到的。

　　他出院那天便是我完成實習的那天，我和他仍有聯絡，這樣，他便成為我第一個病人朋友。做甚麼事也有它的原因，我進修眼科亦是因為這個朋友。我想，看不見這個世界是多麼的可惜呀，我曾經嘗試蒙上黑布在家中活動，當時的感受還歷歷在目。我感到恐懼、無助和徬徨，很需要人的幫助。所以，我決定當眼科醫生，幫助他人從黑暗中重見光明。

　　現在每天我也會幫助患有眼疾的人，希望讓他們重見光明。就算有多麼的艱辛，只要有一個病人康復，那就給我無比的鼓勵。我只覺得自己選的路並沒有錯，能帶給別人快樂，那已經無憾了。

● 故事是透過想象力建構出來的，但「蒙上黑布在家中活動」一節，似乎是作者的親身經歷。從一個短暫失明的經驗，嘗試從失明者的處境看待事情。作者更能體會失明者的苦況，藉以抒發對失明者的恐懼、無助和徬徨感到無奈。

● 透過幫助別人，找到人生意義。通篇運用想象力，以角色扮演貫串全文，並進一步加強對這個志願的義無反顧。

總評及寫作建議

　　人類能用多角度去關照世界，世界將更美好。本文就以一個醫生的角度，去憐憫、去關懷病人。本文的故事雖然是虛構的，但寫來故事完整，通篇以「醫生」的角色去抒發情感，假如不是先已知道故事是虛構的，還會以為這是一個醫生的經歷。而所感之情，又透過爸爸的話、失明的病人及蒙上黑布的經歷，與作為一個醫生以助人為快樂之本，抒發對醫生的敬佩。作為一個虛構的故事，果有事假情真之效。

　　至於不足的地方，作者沒能就已有的事物加以深化，更全面地交代醫生的工作；不過，這也難免，事關本文是以假設代入，某些情節固然是失實。假如作者將來真正成為一個醫生的話，到時候再回頭一看，定有另一番感受吧。

爺爺走了

年級：中五
作者：梁惠珊
批改者：彭志全老師

設題原因

　　談起香港迪士尼樂園開幕一事，同學們都興高采烈的，惟獨作者鬱鬱寡歡。其後寫了本文讓我批改，才回想起原來上次的話題，竟無意間觸動了作者一些憂傷的往事，故特選此文作分析。

批改重點

　　1.直接抒情的能力。（使用有感情色彩的詞語）

　　2.借事抒情。

批改重點說明

　　1.透過有感情色彩的詞語，以抒發個人情感，藉以審視學生直接抒情的能力。

　　2.審視借助事件以抒發個人感受的能力。

批改正文

 範文

 評語

門前的一株荔枝樹下，吊着一個木製的鞦韆，它已破破舊舊，風吹動下歪歪斜斜地搖擺着，這是爺爺親手做的……

● 借「木製的鞦韆」，勾起作者對爺爺的回憶。「破破舊舊」與「歪歪斜斜」，分別抒發了作者對已經過去很久的往事的無限追思，可知所思念之人是多麼讓作者懷念。

一天晚上，當大家好夢正酣時，突然聽到祖母的叫喊聲，我們都被這叫喊聲驚醒，馬上趕到爺爺的房間。一個悲傷的消息：爺爺去世了。爺爺是一個十分慈祥的人，花白的頭髮、長而彎的眉毛、眼角的魚尾紋、鬆弛的肌肉，縱使這一切老人的特徵都可在他身上找到，但在我的心中，他永遠是一個年青人。他愛聽時下的流行曲，愛看電視連續劇，偶然亦會到處遊山玩水。他常跟我說，哪首歌好

● 倒敍爺爺忽然離世的經過，對爺爺的面貌作出勾勒。爺爺的模樣和說過的話，特別是夢想到香港迪士尼樂園的一節，更讓人讀來心酸，讓讀者對作者的思念之情有更深一層的體會與共鳴。

聽，哪套劇好看。每年總會拉我跟他一同到海洋公園遊玩，他不喜歡玩那裏的機動遊戲，說是因為畏高加上年紀又大，所以他只去看海豚表演。他還說，將來香港迪士尼樂園開幕後，一定要跟「米奇老鼠」拍照。

記得在小時候，我常與姐姐搶玩具，爺爺一定會幫我爭回來；與昆蟲、小狗「搏鬥」，他一定會支持我與那些昆蟲周旋到底。有一次，我在公園看到一個鞦韆，我看着喜歡便賴着不走，硬拉着爺爺陪我盪鞦韆。誰知回家後，爺爺竟用繩結加上一塊木板做了一個鞦韆，把它吊在荔枝樹下……一個簡陋的鞦韆，卻蘊藏着爺爺對我無限的疼愛，在爺爺的疼愛和庇護下，我更喜歡黏着爺爺了。

● 插敍另一些往事，借助「鞦韆」的一段，抒發作者對爺爺對自己的疼愛之情的不捨，更藉「鞦韆」把全文連貫起來。

爺爺的樣子很安詳，了無牽掛的，在無病無痛的情況下離開了，大

● 從記敍另一些往事，又回到記述爺爺逝世那一幕。這一段

概這是中國人說的壽終正寢吧！我的淚水一直流下，仍不相信爺爺已去世的事實。爺爺的呼吸與心跳已經停止了，空氣都變得凝固和死寂，大家都圍在爺爺身旁飲泣。爸爸用一塊白布蓋着爺爺的臉，在這死寂的氣氛籠罩下，突然一陣想吐的感覺從我的心底湧上來，是過度的悲傷驅使我不願意接受這個事實。爺爺的好、爺爺的壞和爺爺的傻氣，這一切一切的都幻滅了，以後再也不能跟爺爺到海洋公園看海豚表演，也看不到爺爺天真的笑臉了……死神，可否讓爺爺多留一會？讓我跟他說：我永遠都喜歡、感激爺爺多年來的愛護，我會一直懷念他的！還有，來世可否讓他繼續當我的爺爺！迪士尼樂園仍未開幕，我還沒有帶他與「米奇老鼠」合照……

詳細地把爺爺逝世的經過，眾人死寂的氣氛描繪出來。透過一句「死神，可否讓爺爺多留一會」的祈求，直接抒發對爺爺的死的難過，把全文推向高潮。作者歇斯底里的語氣、敍一時失控的表現，都反映了她對至疼愛自己的親人的離世的悲哀。情動於衷而形於文字，筆墨不多，但真正可以動人。

風吹動下，鞦韆仍然歪歪斜斜地搖擺着，它帶着爺爺的愛，也留下我對爺爺的思念。

● 結尾一段，回應首段，全文一氣呵成。又借「鞦韆」的「歪歪斜斜」，睹物思人，抒發對爺爺的懷念。這情感是淡淡的，也是細水長流的。

總評及寫作建議

人乃感情的動物，要如何把心中的情，有序地表達於外，抒之以文字，使讀者深表感動，與作者同悲共喜，這個難度很高。從作者的首尾兩段，她藉着由爺爺親手製造的「鞦韆」想起，把與爺爺的往事娓娓道來，其處理感情的起伏是有序的。首尾兩段的情感都較為淡然，這是否減退了對爺爺的思念？顯然不是的，正因為思深情切，才會一再睹物思人。透過爺爺逝去的經過與一些往事，借事抒發對爺爺的不捨之情。又透過直接抒情，表達對爺爺離世的不能接受，場面很感人。

至於不足之處，是插敍的事情較少，如能補述多幾件關於爺爺的事，那所抒之情、所表之事會更深刻些。

老師批改感想

　　所選的兩篇抒情文，性質其實相當接近。相同之處是，兩文皆以事作為抒情的對象。「爺爺走了」是作者的真實經驗，從第一身作直接抒情，透過有感情色彩的詞語，去抒發對爺爺的思念，以人為經、事為緯，環繞的對象是已過世的爺爺。至於「我的志願」則是以一個假設，設想自己已成為醫生，從醫生的角度去抒發對這個志願的感懷，這種寫法挺新穎的。不過，作者也處理得相當不錯，真有點以假亂真的感覺。這種想象力是結合了自己的所見所聞，再加上對醫生的行業有粗略認識而成的。瑕疵是難免的，但勇氣可嘉吧！

　　抒情文通常是依附於記敘文與描寫文中的「寄生物」，人們往往忽略了其獨立存在的重要性。但須知道，文章之所以能動人，在於能傳情，故抒之以文字，傳予他人，使人為之動容。所以古人才說：文章果能傾國傾城，其魔力小看不得。

一張撕碎的成績單

年級：中五
作者：鄺嘉欣
批改者：楊雅茵老師

設題原因

　　學生在初中時已學過了抒情文的寫作技巧，並在中四學習了數篇抒情文，加深了對抒情手法的認識。另外，學生常面對測驗、考試，反映成績的成績單亦常常接觸到，相信每位學生亦曾有成績不理想的經歷。以一張撕碎的成績單為題，一方面學生能有更深刻的感受，較易於掌握；另一方面，亦能達到測試學生抒情能力的目的。

批改重點

　　1. 直接抒情的能力，包括運用修辭手法、使用有感情色彩的詞語。

　　2. 佈局謀篇。（包括選材、剪裁、開頭結尾、段落層次、過渡銜接）

批改重點說明

　　1. 抒情文章要寫得動人，除感情必須真切外，懂得運用恰當的修辭手法，運用富感情色彩的詞語表達亦非常重要，而且學生剛重溫了抒情的技巧，故特以此為批改重點。

2. 寫作文章時，學生一般較忽略文章的結構、佈局謀篇，以致即使文章感情動人，但每每因寫作時欠缺鋪排，令結構鬆散，段與段之間過渡欠自然，結果令文章大打折扣，故以此為重點批改。

批改正文

範文 　　評語

雨天，總是一個叫人傷心的日子，今天也不例外。

● 作者一開始點明天氣，以雨天總叫人傷心，今天亦不例外，自然地入題。同時，明確道出今天也是一個令人傷心的日子，為下文作鋪墊。

我拖着沉重的腳步，拿着一張「滿江紅」的成績單，心裏正盤算着如何才好，回到家想必又捱罵了。想到這裏，眼淚不禁湧出來，老天爺似乎也正為我這個將要受刑的犯人流淚。

● 寫「我」拿着成績單回家，用了富感情色彩的「沉重」二字，簡單交代了自己的心情。同時，亦逐漸揭示今天也是一個傷心的雨天的原因 —— 成績不理想。
● 作者在本段以擬人法寫上天亦為自己流淚，將傷心的感受直接表達出來。

晚上，媽媽回來了，我一直躲在房間，像是要拖延「刑期」。「啪！」媽媽把我的房門猛力推開。她從我的手上取去成績單，看到那些紅字，滿面怒容，怒髮衝冠。她把我那張「不能見光」的成績單掐得緊緊，氣得像要把我撕開。「你讀甚麼？每天只想着玩耍？你白費了我的心血，你考得這樣的成績，對得起我嗎？」媽媽看着成績單，像發了瘋般。啊！她竟把我的成績單撕碎了，碎片散落一地。她又罵了我一回，最後看一看面無表情的我，再看一看地上撕碎的成績單，忽然，靜了下來。「是我不懂得管教你，是我太縱容你，弄得你今天這麼不長進……」媽媽哭着說。過了不知多久，媽媽才止了哭聲，木然地離開。而我則一直呆呆地站着，我很是難受，心裏突然感到一陣痛楚，令愛

● 寫媽媽知道成績後的表現，由以誇張手法寫媽媽「滿面怒容，怒髮衝冠」，「把成績單掐得緊緊」地痛罵，到以明喻手法寫媽媽像瘋了般撕碎成績單，像要把「我」撕開，最後木然離開。作者運用修辭法把媽媽的感情具體化，透過這樣的描寫，令人充分感受到媽媽的傷心、難過。作者亦因媽媽的反應而難過、痛楚，原來今天是傷心的下雨天，不單是因成績不好，更因作者令愛自己的人傷心所致，傷心的程度又深一層。

我的人那麼傷心，我難過得無法言語。

又不知過了多久，我才回過神來。我慢慢地拾起地上那片片碎片，輕輕地放進一個盒子裏，從此牢牢地封着，不願它曝光。

● 作者以「慢慢地」、「輕輕地」及「牢牢地」三個詞語描寫自己的表現，希望將傷心的回憶「封着」。作者雖沒有明確道出心情，但透過這三個詞語，讀者能充分感受到作者的傷痛。此外，作者剪裁亦恰當，沒有詳細交代之後的事情，只用了簡單的文句，交代自己的表現，寥寥數筆，卻能令人感受到作者的沉痛。

自那一天後，我便像脫胎換骨般，我比誰也努力，每當別人奇怪地問我轉變的原因時，我便會想起那撕碎了的成績單，我以它為恥！

● 記述自己的改變，為文章的轉折部分，並以成績單為恥，強烈地抒發了自己的感受。

經過一年的努力，期末考試終於完結，這也意味着將要派發成績單。我的心情很奇怪，我應該滿懷信心才是，因為經過一年的努力，成績理應

● 作者以「滿懷信心」、「膽顫心驚」及「傷心欲絕」等富感情色彩的詞語，交代了自己忐忑的心情。同時，寫自己拿出又

不俗，但為何我會膽顫心驚？我拿出放着成績單碎片的盒子，本想把它打開，但想起媽媽當天傷心欲絕的情景，我沒勇氣面對這傷痛的回憶，結果，又把盒子收好。

收回盒子，明確地抒發了自己的傷痛。

終於，期末考試成績單派發了，我的努力果然沒有白費，沒有一科是用紅筆記錄的，我歡天喜地把成績單拿回家，媽媽看了，抱着我，比我還要高興。

這天，我鼓起勇氣，把盒子拿出來，把撕碎了的成績單修補好，但無論我怎樣補，它始終有裂痕。我把它鑲起，放在書房最為當眼之處，好提醒自己，曾有這樣羞恥的成績，以警惕自己不要再重蹈覆轍！

總評及寫作建議

　　本文是一篇情感真摯的抒情文，作者以富感情色彩的字詞、不同的修辭手法，將得到成績單後發生的事件，有條不紊地交代出來，特別是作者媽媽知道後的表現，由憤怒到傷心、由傷心至沉默，作者寫來細膩動人，令人充分感受到作為母親的痛苦。身為女兒的作者也因令愛自己的人痛苦，而傷心得無法言語。作者將個人的感受具體、直接地抒發出來，動人之餘，亦容易令讀者體會，產生共鳴。

　　此外，作者在寫作時亦見心思，一開始以雨天令人傷心，今天亦是令人傷心的雨天開始文章，一方面為下文作出鋪墊，另一方面，亦能引起讀者的好奇。之後，作者逐步揭示傷心的原因，由成績不理想到令母親傷心，因令母親傷心到不欲回憶、面對被撕碎的成績單，傷心的程度逐漸加強，同時，回應了首段「傷心」二字。接着，作者筆鋒一轉，寫自己因此事的轉變，最後由不敢面對成績單到勇於面對，由勇於面對到以之為警惕，作者寫來皆層次分明，過渡自然。

記一次患病的經過和感受

年級：中五
作者：羅佩珊
批改者：楊雅茵老師

設題原因

相信每位學生也有患病的經驗，以此為題，學生會較易掌握。此外，學生在初中時已學過了抒情文的技巧，並在中四學習了數篇抒情文，對抒情手法已有一定的認識。

批改重點

1. 書面表述。（包括語法、修辭、標點、遣詞造句等）
2. 借事抒情。

批改重點說明

1. 學生寫作抒情文時，抒情手法及句子的運用往往較單調，致令文章的情感未能具體、明確地表達，因而削弱了文章的抒情效果。故特以此為批改重點，以測試學生這方面的能力。

2. 抒情的手法有很多種，一般來說，借事抒情為學生較常用，亦較易掌握的抒情手法。故以此為批改重點，以測試學生這方面的能力。

批改正文

範文 　　評語

　　我朦朧地睜開眼睛，只見四周白濛濛一片，白色的牆壁、白色的牀、白色的天花，就連我身上穿着的衣服也是白色的。究竟我在甚麼地方呢？啊！我終於想起來了。這白色的世界正是醫院。

● 作者利用排比的手法，營造了一個白色的世界，引起讀者的好奇及聯想。

　　昨晚，我感到身體不適，雙腿發軟無力，嘔吐大作，是爸媽把我送到醫院的。我還記得在送院途中，爸媽緊張的神情，當時我的心裏盤旋着很多疑問，我是否患上甚麼絕症？我是否命不久矣？想着想着，不知不覺暈倒了，醒來的時候，我已在這個白色的世界，經醫生診斷後，我只是患了腸胃炎，並沒有甚麼大礙，休息幾天便可以了。爸媽聽後，深鎖的眉頭終於解開了，面上亦露出笑容。

● 作者用了「盤旋」、「深鎖」等字，字詞雖然未見精練，但卻能具體地道出自己的胡思亂想以及父母對自己的緊張心情。

之後幾天，爸媽每天也來探望我，他們知道我這「膽小鬼」怕黑，也怕陌生的環境，所以每天的晚上，不管他們多疲累，也會到來陪伴我，直到我安然入睡。媽媽也因每天下班後趕來看望我，又要回家照顧弟妹，精神一天比一天差。

● 借自己怕黑及陌生環境一事，交代了父母對自己的關心。

一天晚上，由於天氣轉冷的關係，爸媽怕我穿不夠衣服，特意從家裏給我帶了幾件厚衣，看着他們在病房內走來走去，為我倒水、為我蓋衣服，又不斷叮嚀我小心着涼，我突然發覺爸媽老了，我看到爸媽疲倦的蒼顏，我心酸了一酸，眼淚在眼眶內打轉。媽媽看見我這樣子，還以為我哪裏不適，緊張地追問我，看着媽媽憔悴的臉容，我的喉嚨像被甚麼堵住，我哽咽着，多少心裏話要吐出來，但只化為一聲：「媽媽，我好多了。」

● 記敍父母因天氣轉冷擔心自己着涼一事，抒發了父母對自己的愛護，也流露了自己難過的感情。
● 特別是作者發覺父母老了後自己的感受，寫得尤為具體、傳神。其中，作者因看到媽媽的面容而不能言語，作者用了「喉嚨像被甚麼堵住」；「多少心裏話要吐出來，但只化為一聲：『媽媽，我好多了。』」形象地將自己難過的心情刻畫出來。

後來，我的身體慢慢好起來了，可以下牀走走，我聽見鄰房的病人痛苦的呻吟，一張張垂死掙扎的臉孔，看到他們的情況，我的身體如被麻醉般僵硬，雖然我和他們並不認識，但也不禁鼻子一酸，眼淚掉了下來，我真真正正明白健康就是財富的道理。

出院後，我除了更愛惜自己的身體外，我還更愛惜我的家人，因為我領悟到世上只有親人才會無私的愛護自己、疼惜自己。更甚的是，我明白到人的生命是十分脆弱的，現在每逢假日，我都會去當義工，幫助有需要的人，做一些有意義的事，讓有限的生命更添姿彩。

● 作者借看到鄰房病人的痛苦一事，抒發了對病人的同情及要珍惜健康之情。其中，寫到作者見到病人後的反應，用了明喻句形容，亦令表達更具體。

● 作者因患病一事，明白到生命及家人的重要，抒發了她對生命及家人的愛惜之情。

總評及寫作建議

　　本文記敍與抒情結合，感情自然真摯，寫情部分具體而傳神。其中寫到父母對自己的緊張及照顧，感動得不能言語，作者並不是單調地寫自己「說不出話來」，而是具體地寫自己「喉嚨像被甚麼堵住」；「多少心裏話要吐出來，但只化為一聲：『媽媽，我好多了。』」形象地將自己難過的心情刻畫出來，亦較易讓讀者體會。寫看到病人的痛苦時，用了「身體如被麻醉般僵硬」描述自己的反應，利用比喻及想象的表達，也具體而明確。

　　此外，作者寫作時雖未見文字的精雕細琢，但在用字時亦見用心，例如寫父母對自己的緊張，用了「深鎖眉頭」，寫自己的胡思亂想用了「盤旋着疑問」，可見寫作時亦有留意修飾。

老師批改感想

　　抒情文可算是學生最喜歡寫作的文類，大抵因為中國人是一個重情的民族，而且人皆有情，學生多能對「情」有所體會。但要將感受化成具體的文字，並能令人有所體會，卻不是一件易事。一般來說，學生寫作抒情文的最大毛病，正是不能感動人心，即使感情真實，卻無法令人有所體會。其實要寫一篇出色的抒情文的必要條件是感情真切，老師可多提醒學生從自身經歷出發，從日常生活找材料，因為真實、熟悉的事件，學生能較易掌握及發揮，而且感情真實亦易於感動人。寫作時，老師可提醒學生多用修辭手法，將感情具體地表達，例如寫母親的憤怒，可以用誇張的手法：「她把我那張『不能見光』的成績單揝得緊緊，氣得像要把我撕開。」感情具體，自然易於明白及體會。

我對自己的期望

年級：中四
作者：黎安娜
批改者：詹益光老師

設題原因

這是一篇以抒情為主的寫作練習。目的是希望學生在剛升上高中時，通過回顧自己的過去，抒發個人對未來的期望。因為是切身的感受，所以也希望學生能做到敍事或寫景抒情，使情感真摯。

批改重點

1. 運用記敍、描寫以達到抒情目的的能力。

2. 表達深刻真摯的感情的能力。

批改重點說明

1. 審查學生在抒發情感時，能否以記敍或描寫為橋樑，達致抒情的效果。

2. 審查文章能否抓住抒情的重點，把感情真摯地寫出來。

批改正文

 範文

 評語

　　每個人一出生，就要背負着父母、家人對自己的期望。這種無形的壓力一直跟着人，直至死前一刻。也許，每次都是別人對自己的期望，所以，心裏總是有股說不出的壓力。怕失敗？怕令人失望？這次，我希望自己能將壓力化為動力，把期望變成事實。

● 文章起筆要籠括全文，點明所敍之事與所抒之情的重心。本文首段文辭雖然未盡暢達，但亦屬此法。

　　我對自己的期望有點奇怪，那就是和家人的關係可以好一點，即是我能更孝順父母，尊重兄長。其實我和家人的關係，也不是差到那種可以刊登新聞的程度，只是不如從前的好。

● 正面說出期望的內容，作者說這一期望「有點奇怪」，那奇怪在哪裏？下文有必要作交代。

　　是天真的緣故，我從前對父母，包括哥哥都十分服從，是那種他們說一，我不敢說二的服從。隨着年紀的增長，我面對很多青少年同樣的問

● 記述和家人關係轉壞的過程，能夠逐步說出關係愈來愈惡劣的形勢，最後抒發個人感到厭煩、傷心、反思的情懷。敍事與

題，那就是和家人關係變差了。在很多問題上，我和父母的意見都很不一致，特別是父親。因此，在這一兩年內，從前絕不罵我的父親差不多每天都和我展開罵戰。有一次，他更差點動手打我。若不是媽媽和哥哥阻止，恐怕我一早便要捱打了。我真的感到煩厭了，哭泣中，我常常思索：為甚麼會這樣？是不是爸爸變了？他不再愛我？還是我變了？想着想着，卻得不到答案。

對於爸爸的責罵，我開始感到麻木了。有時，他不再罵我，反而歎息和感慨，可是我還是沒有「動容」。為甚麼會這樣？若是從前，我一定哭紅了眼。

大約大半年前，爸爸得了一場大病，他住院期間，媽媽十分傷心，做任何事也沒有心機，我只好振作起來，安慰她，幫忙做家務。爸爸痊癒後回家，好像變了另一個人似的，不

抒情結合得不錯。段末幾句連續設問，更能把內心的惶惑道出。

● 敘述父親生病前後以及個人感情的轉向，也能做到抒情與敘事結合。

僅他的容貌蒼老了，他的心也變了。他不再罵我，對於很多事都不再執著。這時，我忽然驚覺自己已經十六歲了，父母也不再年輕，自己若再是那樣孩子氣，只顧自己的喜怒，而漠視父母的存在，實在有違人子之道！

這個期望，雖然我還沒有努力過甚麼，但是要喚回我童年時那份純真的感情，相信是不難實現的。

想深一層，這個期望，不是每個子女都應該做的嗎？

● 第五、六段是文章的結尾，展望未來，以樂觀的口吻作結。一般寫法還會點出實踐的方法，但是這裏如能與文首「奇怪」一語相應，尤為必要。

總評及寫作建議

這篇文章能做到通過敍事來抒情，雖然文首作者說自己的期望有點「奇怪」，但下文並沒回應這一點，結構有欠周密。不過，全文抒情重點一致，已達到寫作練習的目的。

寫作抒情文應以情為先，因此在寫作之前，應先想清楚感情的內容是甚麼，然後鋪排敍事或描寫的材料。最後，則下功夫於文辭修飾上，把首尾不一致的地方，把文句有欠流暢的地方一一修改，就能寫成感人的篇章。

代白先勇寫給老央的信

年級：中四
作者：吳政欣
批改者：詹益光老師

設題原因

　　寫文章全都以個人經歷為依歸，便於學生掌握，是常用的做法。但是，多數人的生活都是平平無奇的，有時就會局限了文思的發揮。因此，本題配合中國語文科教學的進度，在學生讀過白先勇的〈驀然回首〉一文後，要求學生利用文中的素材，代入白先勇的身份，撰寫一封感謝信，抒發感激之情。內容是虛構的，但感激之情則可以是發乎內心的。

批改重點

　　1. 作者要能選取適當材料，鋪排段落，深刻地抒發感激之情。

　　2. 文章要做到鎔鑄素材，把感情滲進文字當中，而又自然得體。

批改重點說明

　　1. 審查學生能否慎擇材料，並加以適當的裁剪，寫成流暢的抒情文。

　　2. 審查學生能否運用借事抒情的技巧。

批改正文

 範文

 評語

老央叔叔：

　　很久沒有這樣親切地叫你一聲，現在身在美國，想與你見面，叫你一聲竟是十分不容易呢！回想起我那幾年臥病在牀的日子，你真可稱為我的再生父母！前時聽智姐說你已退休回鄉享福，很為你高興。我與你已再沒有主僕之分，相反地，在我心中對你只有敬佩之情。每次想起小時候的點滴，準會想到你。而當想起你這個大人物時，總會令我感激良久。

● 起筆點出寫作的背景，指出表達感激之情是本文的中心思想。開宗明義，領起下文。

　　太多的回憶令我執起筆，寫起信來。其實，多年來的相處，一切本應盡在不言中，但你作為我第一位啟蒙老師，我衷心地想向你說句「謝謝」！是你令我知道甚麼是文學，是你令我有了自己的興趣，是你令我從鼓兒詞

● 寫過去的印象。文中用了一組排比句，營造氣勢，把感激之情深切地表達出來。

裏認識了傳統文化！這一切一切，對我的前途和現在的成就產生了重大的影響。

　　叔叔，你可以對我這個癆病鬼放十萬個心，我是不會把你從小為我栽培的興趣放下的。反之，我更會把它視為我的終身事業。我還記得是誰在我患肺病時給我說故事，是誰在其他人躲避我的時候，形影不離地在我身邊支持勉勵着我。我總覺得那時候的你比爸爸、媽媽還要親近。那篇〈薛仁貴東征〉還記在我的心中呢！那時你給我演繹的章回小說故事，每天都在心頭反覆浮現，每次都會十分精彩。現在想起真是百般滋味在心頭，當年的病也仿佛非常值得。有時候，我真的要謝謝我的病啊！如果沒有病，就不會造就我能天天聽你說故事的福分！

● 寫個人事業，是有關現狀的敍述。從個人的堅定的職志，間接頌揚老央對自己的影響，也表達了感謝之意。文中結合〈驀然回首〉一文的片段，可見作者鎔鑄材料的努力。

人生總需要向前看，十八歲那年我領悟了這個道理。母親在那年因病逝世，我亦離開父親，到了美國留學。這些年來我的變化很大，你又怎樣了呢？你還記得先勇嗎？會的，那年頭惹你生氣，又惹你疼愛的應該就這麼一個我吧？

● 展望未來，表達二人關係能夠長期維持的信心。間接抒發了感激之情。

親愛的老央叔叔，你是我的第一位啟蒙老師，我現在的成就沒有你不會實現。我希望你永遠記着我，因為你永遠都活在我的心底。

● 重申感謝之意作結。大致而言，結構清晰，內容亦與〈驀然回首〉一文相符。

祝身體健康！

白先勇上

二零零四年十二月十日

總評及寫作建議

通過書信來抒情並非難事，私人書信一般以說理、抒情為主。年青人應該都有過寫小字條、情信的經驗吧！不過，以他人身份來寫信卻不容易，如果對信中人物的事迹掌握不透，就很難寫出得體的感謝信。古人練筆往往從模擬開始，寫這篇也是不錯的模擬方法。白先勇的原文寫老央的地方相當豐富，也寫得生動。本文作者能將白文的素材剪裁融合，補充一些直接和間接抒情的文字，因而寫來也能動人。當然，模仿大作家的筆墨並不容易，本篇在寫情方面如能把事例寫得豐富一點，情感的流露就更見得體了。

老師批改感想

　　抒情文教學與其他文體的寫作教學有一共通點，就是要讓學生利用熟悉的題材，進行寫作。把寫作的重心放在技巧的鍛煉上，而不斤斤計較於內容堆砌。學生寫抒情文的困難是有情而無法，往往只知直接表達，不懂利用敍事、寫景來抒發情感。儘管老師在講解寫作技巧時，已提醒學生多歸納相關的事件和景況、景物，以便借景、借事來抒情。不過，不少學生仍然是稍微敍述一二事件，便粗糙地把感情道出，完全無心細表。

　　檢討寫作的效果後，也許可用以下方法補救。一是原文改寫，指導學生把一些記敍或寫景的文章改寫成以抒情為主。二是代入身份，像代白先勇寫信給老央表達感謝之情，即屬此類。三是先在課堂上蘊釀一下，引導學生「盍各言爾情」，才動筆寫每個人的真情實感。

父女情

年級：中六
作者：魏詩韻
批改者：劉添球老師

設題原因

抒情文可以描述因某事而生的喜、怒、哀、樂、怨、惡、慾，也可以刻畫人與人之間的感情發展。前者單一，後者則需要鋪陳更多事情以敍其變化，難度較前者為高。要作這類練習，就由最切身的父母子女之情開始罷。

批改重點

1. 觀點、認知與情意的變化。

2. 事態與情態的結合。

批改重點說明

1. 小孩子怎樣看世界，決定了文章的內容與感受。不同的成長階段自然有不同觀點，文章必須展示這種變化。

2. 情因事而生，文章必須有豐富的事去敍深刻的情。事態與情態須成為有機組合，不放過每一個生活細節，文章才能動人。同學寫作時，多犯了思慮太簡、不懂潤飾的毛病。寫作抒情文不是答題，迂迴往往勝於直接啊！

批改正文

 範文

 評語

今年情人節恰巧是學校假期，我只像往常般，和爸爸到街上吃過午飯，在附近逛逛，回家看影碟便是了。朋友問：「你跟爸爸過情人節，豈不浪費？」我倒不覺得，跟爸爸一起，怎能說是浪費！

● 很平凡的起文，但段末一句漫不經意的話，卻已透露了文章的主要內容。

媽媽說，我小時候很怕爸爸。那時爸爸上班時間很長，早出晚歸。因為和爸爸見面少，晚上爸爸回家，我看見了他就會哭。到我有記憶時，還是怕爸爸的。因為爸爸個子很高，矮小的我要抬頭往上望，才能看到他的臉。那高高在上的感覺，總會造成一點壓力吧！

● 這段是蓄勢。小時候總覺得父親是巨人，對他又敬又怕；到後文描寫與父親關係轉變，便有了基礎。

爸爸工作十分辛勞。我常想，為甚麼那些「心目中的爸爸」選舉，小孩子們總會把爸爸說成蜜蜂、牛，而

● 筆調輕鬆，使文章有了通俗之趣。

不比喻為狗呢？因為我常聽爸爸說工作辛苦得像頭狗。長大才明白這是蠻貶義的話！

後來，爸爸工作時間轉了，我幼稚園下課就由爸爸接我回家。回家後，多是吃爸爸煮好的意大利麵，然後爸爸就上班去了。到我小學四年級時，爸爸的工作又轉了，再不能為我弄午餐。我開始自己放學，回家吃媽媽買的飯盒。那時候和爸爸的關係好像淡了一點。幸好每次爸爸放假，還是會帶我和姐姐去玩，十分快樂。

● 要加強文章感染力，須緊捉每一段生活經歷。事情儘管普通，也足以增潤父女之間的感情。

生活有高興，也有不高興的時候。因為我頑皮，爸爸也常打罵我，最後總是媽媽來哄我。那時我當然會生氣，會討厭爸爸。不過最可怕的，是責罵過後的冷戰，那可以持續相當長的時間，那種視對方如不見的態度實在不好受。吃晚飯的時候，全家也

● 很細膩的描寫。在家庭裏，父母親總有着不同的角色；而家人之間的冷戰，也是常見。

會變得沉默，免得說錯了話，引起新
的爭吵。

雖然爸爸嚴肅的臉令我有點畏
懼，卻給我警惕作用。剛升上中學
時，爸爸要往泰國出差十天之久，我
不知哪裏來的怪主意，把爸爸一張拍
得很嚴肅的證件相放在書桌上，每天
回家坐在書桌前，看着相片，就好像
爸爸用嚴厲的眼神看着我，逼使我努
力做功課。這笨方法其實也不完全是
笨吧！起碼藉着爸爸，找到了有效的
自我鞭策的方法。

● 道出了父親的地
位及其對作者的影響
力。這段筆調輕鬆，
情味與第三段類同，
使文章有了統一的格
調。

爸爸雖然嚴肅，但很會給姐姐和
我自主權。我記得第一次自行購物，
是在中環一間書局。當時的我還很
小，很自然地選了一支卡通鉛筆前往
付款。現在想起，也不禁詫異為何會
買那樣東西。

往後的日子，我不再撒嬌說要買

● 以下兩段講述自己
的漸漸成長，而父親
也逐步給予自主，另
一種形態的父女關係
開始建立。

這買那了。因為爸爸說：「自己想要的東西自己買。」雖然錢都是爸媽給的，但我已慢慢懂得考慮甚麼買甚麼不買。

升了中學，思想漸漸成熟，但有時還會為一些雞毛蒜皮的事和爸爸吵起來。那時有了自己的房間，只要用力把門關上，就已表達了強烈不滿與反抗，冷戰就更易進行。有一次，冷戰了差不多一個月呢！至於吵架的原因已記不起了，但那絕對不是很嚴重的事。冷戰這麼久，都是大家在賭氣，不肯做第一個破冰者。這樣賭氣全因為我固執的緣故。不過，我常說：「固執是遺傳的呀！」

● 很能表達小女孩的偏執與賭氣。段末一句最是傳神。

大約一年前，爸爸因工作得太辛勞而病倒了。權衡過後，即使只有媽媽工作，仍可支持生計，所以爸爸就退休了。我從小學到中學，每天下課回家都是自己一個人等爸媽下班。爸

● 生活的轉變始終到來。情景不同使父女關係變化有了契機。

爸突然退休，就代表每天下課後都會有人在家了。這令我很不習慣，因為失去了某程度的自由！身為女兒，爸爸能夠好好休息，應該替他高興，但我竟然產生了矛盾的感覺。

最後，我還是覺得有爸爸在家好！因為每天下課，我都知道有人在等着自己回去；放假時，我也不用獨個兒吃午飯；約不成朋友去玩時，家裏總有人和我一起呆着，最終總會想出甚麼玩意來。你說爸爸在家多好！

● 寫出了父親在作者心目中的地位。父親已不像以前般令人生畏，反而成了最好的伴侶。

爸爸退休以後，我和他談話多了，有瑣碎的，也有嚴肅認真的；有學術的，也有娛樂的。雖然偶有小爭吵，但我已努力克制，忍着不該說的話，起碼不用去到冷戰的地步。我覺得和爸爸的關係日見親切，邁進了新的一頁。過去，也許我這女兒角色做得不好，學業上不算優秀，也曾經做

● 清楚敍明與父親的當前關係，措辭委婉，很見深情。段末一句亦能呼應首段，結構渾成。

過很多不孝的事情，但爸爸的包容令
我覺得活在這個家是幸福的！至少讓
我覺得，情人節和爸爸過，是非常欣
慰、也是蠻有意義的事。

總評及寫作建議

　　文章用白描手法，以豐富的生活經歷道出極細膩的感情。文章在觀點、認知與情意處理上有優秀表現，很能表達不同成長階段與父親的感情狀況。行文輕鬆活潑，但也不離婉約，有很濃厚的個人風格。

冬與夏

年級：中一
作者：陳朗靈
批改者：劉添球老師

設題原因

抒情文的本色重在抒發一刻的情懷。然而，在七情以外，還有更複雜的情緒，像失落與迷惘、惆悵與忐忑、哭笑不得、既歡且惱等等。要表達這些情緒，絕不是個人獨白可以做到。安排一個故事，讓角色之間產生互動，才可以把這種細膩的情感表達出來。

批改重點

1. 敍事觀點的運用。
2. 佈局謀篇的能力。

批改重點說明

1. 戲劇法是通過情景、對話與人物互動把主題意念表達出來，需要較周全的佈置。相對於敍述法，它可以製造情節上的高潮，也可以把互動的情緒深刻表達。正如白先勇說，何時敍述、何時戲劇化，決定了文章的感人力量。

2. 文章具情節，更要注意佈局謀篇。時序發展清晰、首

尾遙相呼應是成功作品的必要條件。同學敍事時往往只識流水賬，不懂得末段的回應可大幅加強文章的感染力。

批改正文

範文 　　　評語

冬是我的同桌。他是我在這個班上最討厭的一個人，但他又是我的好朋友。他經常遲到、欠交功課……真是不折不扣的「大壞人」。

● 運用矛盾修辭法，道出冬在作者心目中的印象，很能引起讀者興趣。

今天，他又遲到了！他大搖大擺地走進教室，還跟老師說：「老師，早上好！」我對他說：「冬，你每天這樣遲到，遲早有一天會被老師趕出學校的。」他不屑一顧地對我說：「我才不怕呢，我還希望快點被趕出校，這樣就不用在這間破爛學校讀下去了。我的事不需要你管。」不知道為甚麼，冬講的最後那八個字讓我覺得特別刺耳。我氣憤地對他說：「真是狗咬呂洞賓，不識好人心。」

● 對話傳神，冬的傲慢躍然紙上。● 作者關懷冬卻換來搶白，心裏自然不高興。這種情緒刻畫當然也屬於抒情文的內容。

放學的時候，忽然有一個女生走過來罵我。就在她罵我的時候，冬不知從哪裏冒出來，罵了她一句：「你神經病嗎，你為甚麼罵她啊？我要你受到一點教訓。」說完話後，他用力地往那女生的臉打了一拳。我那時驚呆了！好一會兒等他叫我才回過神來。他帶着歉意對我說：「對不起，今天早上我不應這樣說的。我知道你當我是朋友才這樣說，希望你能原諒。」我對他說：「我還沒原諒你，除非……你請我去吃麥當勞。」他高興地說：「沒問題。」

● 情因事而生，要加強訴情力量，必須多寫二人的共同經歷。這段是一個小高潮，能充分表達二人不比一般的情誼。

第二天，冬和往常真的是天差地別。他變得好憂鬱，一整天都不說話。問他發生甚麼事他都不說。他只對我說叫我放學去找他。我整天都在想他到底發生甚麼事了。好漫長哦！終於等到放學了，但是他只交給我一

● 文章氣氛來一個截然變化，意態飛揚的冬突然變得憂鬱，不是牽引了讀者的情思嗎？

封信就走了。我打開信，我呆了！

「夏：對不起！我昨天一整天都沒理你。因為我的外婆昨天死了。」看到這句話我傻了眼，冬的外婆是冬生命裏最重要的人。但為甚麼？太快了吧！前幾天才看到他的外婆好好的。

我接下去看。「我爸叫我去加拿大讀書，我想了好多好多遍，我真的不想離開。但是我不想再留在這個傷心地。所以，對不起！我決定走了。而且可能以後也不回來了！說真的，我真的很捨不得你，因為你算是我最要好的朋友了。其實，我知道你很關心我，經常偷偷地幫助我。我真的很愧疚。所以，我答應你我去加拿大一定好好讀書，我坐今晚六時三十分的飛機。希望你過得快樂。冬」

● 明眼人自然看出冬的弄虛作假，但那是小孩子的世界，卻又令人不覺荒誕了。

我看看手錶，現在已經五點了！我立刻衝出去乘的士，但是在每個路口都遇到紅燈。死定了，六點了！來不及了！來不及了！這裏離機場還有五分鐘車程，但現在塞車塞得那么属害，再這樣就沒時間了！我立刻下車向機場方向跑去。

到機場時已是六點二十五分！我找了好久都找不到他，我想，他該不是走了吧！就在這個時候，我看到冬在上機閘口走來走去，好像在等誰似的。我立刻衝過去。他看到我時面上充滿了驚訝與興奮。我對他説：「冬，去加拿大一定要好好讀書……」冬捂着嘴大笑：「夏，你真的相信那封信上寫的話。」我一時想不到他是甚麼意思。我突然明白了。我大聲説：「那你就是沒去加拿大，你説的那些話都是騙我的。」他大笑説：「你好傻哦！真

● 夏的慌忙側面道出了與冬的情誼。焦急與不安反而加強了揭開謊言後的那種啼笑皆非。

● 表情、對話、動作描寫很是傳神。孩童年代很多稀奇古怪的玩意，冬很清楚這一個玩笑只能開在夏的身上，因為他知道關心他的夏一定會相信；而最終，夏也會原諒他。

的相信了。不過有一件事是真的。你永遠是我的好朋友，這次請你原諒。」我說：「原諒你可以，但是要請我吃自助餐。」他頓時面無表情，說：「太過分了。這是很貴的！」我說：「那好呀！那就不原諒你。」他說：「好啦！請你吃啦！」

經過這次，我和冬的友情愈來愈好，但他還是我心目中，一個不折不扣的「大壞人」。

● 呼應首段。那時的「大壞人」卻是交誼上的。不過，這是一種不以為然、卻又關心顧念的情誼啊！

總評及寫作建議

語言純熟，刻畫入微。處理對話、神情、動作有優秀表現，很能表達童年真趣。文章情節緊湊，人物互動充足，情緒的牽引與衝擊力量很強。中一同學能有這樣的水平，實在難得。

老師批改感想

　　批改學生文章多年，逐漸覺得文體的分野愈來愈不清晰，像記敘文之與抒情文、說明文之與議論文。大抵一篇好文章，既抒且敘、既論且說，中間實難截然分割。為學生設題作文時，是否可嘗試不以體式為本，而改以意念為本呢？譬如說，要求學生寫一篇與家人、同學關係的文章，同學就可以因應經驗決定文章的記敘與抒情成分。事實上，情生於事、事衍生情；說而生論、論而有說，真的難以分割啊！

這世界的色

年級：中七
作者：李詩頌
批改者：歐偉文老師

設題原因

　　大千世界，目眩五色，學生身處其中，不能無見無感。老師擬設本題，希望學生能放眼世界，鋪衍成篇。

批改重點

　　1. 運用寓情於景的寫作手法。

　　2. 首尾呼應的結構。

批改重點説明

　　1. 對中學生而言，寓情於景的手法層次較高，不易掌握；但適當運用這種手法，可以含蓄地抒發心中感情。本篇以此為第一個批改重點，在於衡量作者能否運用寓情於景的手法，準確地寫出所思所感。

　　2. 利用首尾呼應的手法，可以使文章結構完整、線索分明。本篇即據此為第二個批改重點。

批改正文

 範文　 評語

範文	評語
太陽，透過窗戶映入眼簾，我掙扎着張開眼睛，拉開窗帷，透明的玻璃窗卻為我帶來失望……	● 透過觀望窗外的景色，帶出下文對世界今昔之比，同時，伏下末段的感受。
從前，紅日閃耀，映照在鮮橙色的橘子樹上，橘子香隨着微風四處飄揚。走過橘子林，只看見一望無際的小麥田，農人忙着收割小麥，興致勃勃地去釀香醇的小麥酒，享受大自然的味道。沿着麥田旁的小路走，綠葉、嫩草的味道愈來愈濃。馬兒在青草地上馳騁，帶我向淺藍的湖面進發。湖水雖然冰冷，但從法國飄來的薰衣草使湖水變得清香撲鼻，我忍不住再大力呼吸，享受大自然送給我的禮物，徜徉在這充滿繽紛色彩的世界之中……	● 分別從視覺（如「一望無際的小麥田」）、味覺（如「香醇的小麥酒」、「綠葉、嫩草的味道」）、嗅覺（如「薰衣草使湖水變得清香撲鼻」）及觸覺（如「湖水雖然冰冷」）四方面，具體描寫昔日世界的迷人色彩，欣悅之情，意在言外，是寓情於景的寫法。

　　然而，世界變了，我不敢走出門戶，門外但見一片灰沉，塵埃遍野，我會因吸入塵埃而死嗎？不能走出屋外，只好留在家中閱報。報章上一幅幅使人心驚膽戰的相片嚇怕我：美國一片白茫茫，街道堆滿積雪，行人舉步維艱；東南亞只有死寂，深藍的海水一湧而上，沖毀一個個美好的家庭，遺下的只有冰冷、深沉的淚。

● 筆鋒一轉，寫今天世界紛擾，天災頻生，世界為之失色，與第二段對比，流露出作者感時傷事之情。

　　我不要黑暗、不要沉痛的色彩，我只希望地球村的人民共同挽救世界。世界能否回復昔日的光輝，就只能憑我們的手。希望將來我能透過窗戶再次感受世界的色、世界的微笑。

● 與首段遙相呼應，交代首段對世界失望的原因。

總評及寫作建議

今天的中學生，尤其是高中學生，一定要對社會大勢、國際時事有相當的了解，才可免當井底之蛙。李同學這篇文章，立意嚴正，寫的是現代世界的禍患，主旨在呼籲世人同心同德，重建世界的舊貌，最終與大自然融洽相處。

本文結構完整，第一段以窗前外望起首，末段以窗戶作結，照應緊密。文章運用寓情於景、融情入景的手法發明主題。這種手法，可以令文章含蓄蘊藉、餘味深長，例如元代馬致遠的名作〈天淨沙〉，通篇不作悲愴之語，只鋪寫秋天蕭瑟蒼涼的景況，而遊子他鄉的孤清斷腸，已經躍然紙上。李同學透過描寫種種美好的自然美景，寄託欣悅之情，正運用了這種手法。古典詩詞有不少融情入景的佳作，平日宜多閱讀、多背誦，揣摩再三，假以時日，下筆時自能有更深的體會。

長城的自白

年級：中七
作者：林曉茵
批改者：歐偉文老師

設題原因

預科中文科要求學生涉獵古代文化常識，長城為中國特有的文化遺產，老師曾讓學生搜羅相關資料，作專題介紹。事後老師要求學生從感性角度，假設自己是長城，想象自己屹立二千年後的所思所感。

批改重點

1. 運用直接抒情的手法。

2. 運用適當的修辭手法。

批改重點說明

1. 直接抒情的手法，運用極為簡易；但要掌握文章的感情節奏，不至過火，卻非易事。選擇以這種手法為批改重點，是要分析本文情感抒發是否恰到好處。

2. 適當的修辭手法，可以增加文采，引起讀者的閱讀趣味。第二個批改重點，在分析本文是否能夠運用適當的修辭手法，豐富文章的內容。

批改正文

 範文

 評語

我也忘了自己究竟活了多久，大概有幾千年吧！反正人人都說我屹立不倒，那年齡也不太重要了。我就不明白人類為甚麼那麼喜歡長命百歲，長命百歲有甚麼好？就像我活了幾千歲也不見得有甚麼好，在我身上經過的人數也數不清，可我呢？一步也不曾踏出過這條綿延不斷的山嶺。有人說，我就像一條潛伏着的巨龍，這是我聽過的讚美中最動聽也最令我難受的。龍代表了無上的權威，是我所仰慕的，不過，我更想有一天能像一條龍般遨翔天際，那我這一生也不算白活了。可是，我每天醒來仍是對着漠漠黃土，這裏的日出日落、風風雨雨，經歷了幾千年也不外如是。

● 運用直接抒情手法，寫長城不求長壽，也不願當潛伏的巨龍，只有面對無盡孤寂，淒清之情，籠罩全文。

幾千年來，我經歷了多少無情戰火的洗禮、多少的悲歡離合。最初，那些烽火連天、屍橫遍野的日子令我喊啞了聲，哭紅了眼，流盡了淚。我以為再也看不到光明的日子。漸漸地，太陽升起來，又落下，接着風雨又來了，周而復始，我的心仿佛不再懂得跳動。我這一生沒有多少快樂的日子！不，也有那麼一次。你們不是也記載了嗎？對，就是孟姜女哭崩長城。現在想起來，也覺得痛快！那時，我仍有喜怒哀樂，每天看着無數被虐待、吃不飽、睡不暖還要幹苦活的民工，看着他們被鞭打致死，仿佛那個手持鞭子的就是自己，我恨自己令他們受苦，不過，我最恨的還是秦始皇！我空有滿腔怒火，卻奈何不了他！直到孟姜的出現，我同情而又敬佩她，使我的怒火升到頂點。不知道

● 仍運用直接抒情手法，寫長城見盡人間起落。然而，人事代謝，轉瞬古今，縱有千愁萬緒，終亦成空。長城由義憤填膺到事事不動心，着實有迹可尋。● 「喊啞了聲」一連三句運用排比手法，概括交代長城千百年來的感情變化。文意層層推進，以至於極，長城既看盡世情，遂有下文心靜如水，「仿佛不再懂得跳動」之歎。

是不是上天聽到我激動的心跳聲，而借助我來懲罰和警告秦始皇，那是我第一次向世人表達心中的不滿。

中國人都説我是他們的驕傲，可是，這些對我有甚麼用呢？恆星尚有殞落的一天，何況我呢？哪一天我倒了、塌了，這些浮名也不過隨我長埋黃土，我這一生究竟得到了甚麼？是黃沙也蓋不盡的寂寥！這一輩子，我不過是盛世時的華服、亂世時的盔甲罷了。看，你們站在我上面笑得多快活，你們個個都成了「好漢」，可是，你們難道沒發現我一直都沉默着嗎？

● 再三運用直接抒情手法，承接前文，重申自己的寂寥。● 「盛世時的華服」兩句運用對偶手法，簡練準確，寫出長城在不同時代的作用。這兩句徹悟的見道語，蒼涼感慨，置於文章末段，餘味無窮。

總評及寫作建議

　　長城是世界文化遺產，中國人亦多以長城為傲，下筆為文，容易流於歌誦讚美，千人一面。林同學這篇文章，設想長城稟賦七情，經歷千載枯榮，領悟永恆的孤寂，取材已見不落俗套；加之本文利用直接抒情，配合適當的修辭手法，把長城的所思所感，一氣而下，真摯動人。

　　不同的抒情手法，用法各異。其中直接抒情較坦率，適合表達激越之情。漢樂府詩〈上邪〉，通篇連用五件不可能的事（山無陵、江水為竭、冬雷震、夏雨雪、天地合），把女子呼天為誓，守愛不渝之情寫出來，就是典型的直接抒情手法。林同學深諳這種手法的好處，故能突出長城的寂寥；當然，如果能夠同時鋪寫時序、環境，渲染長城四周的肅殺淒清，融情入景，內容定必更加豐富。

　　今天的中學生，一般能分辨不同的修辭手法，然而，能運用自如者，卻寥寥可數。其實，修辭就如化妝品，使用得當，可以令人顧盼生姿，即如林同學在上文運用了最尋常的排比、對偶句，文章已堪玩味，若希望行文斐然有采，自需善用各種修辭手法。

老師批改感想

　　對一般中學生而言，抒情文不容易掌握。原因是抒情通常與敘事、寫景相結合，學生行文，或詳於敘事，抒情不足；或困於文辭，情景皆缺。至於刻意經營情節，炮製驚心動魄、曲折離奇的小說故事，而無情可抒者，更屬屢見不鮮。為甚麼懇切深刻、情辭並茂的文章如此罕有？

　　我想老師可以多介紹古今抒情名作，從閱讀之中豐富學生的創作經驗。例如教授《史記》篇章時，可以先唸唸〈伯夷列傳〉，讓學生領略司馬遷一邊敘事一邊發牢騷的筆法；教授唐詩時，可以讓學生體會名家以景結情的風韻。學生眼界既開，下筆自有法度。

一雙手

年級：中三
作者：黃頌欣
批改者：歐陽秀蓮老師

設題原因

剛教完與抒情文有關的單元，故用這個作文題目來配合讀文教學。

批改重點

1. 借物抒情。

2. 佈局謀篇。

批改重點說明

借物抒情是抒情文常用的手法，也是同學較易掌握的。另外，同學寫抒情文往往流於記敘而忽略抒情，或情感空泛，因此，以情作為佈局謀篇的主線是另一個訓練重點。

批改正文

範文	評語

從小開始，便已經渴望那一雙手的撫摸！然而，我卻未曾試過那一種感覺……

每當我看電視劇集，主角永遠都會被那一雙手牽着，擁抱着，在那個時候，我總會感覺到寂寞縈繞身邊，腦海總會浮現出種種的幻想！我不明白為甚麼只有我才沒有那一雙手的牽引！我從來都沒有介意過它是溫柔，是細滑，抑或是粗糙，我只希望我可以擁有那一雙手，或牽着我過馬路，或牽着我向夕陽、向原野奔去！

媽媽告訴我，做人不可以貪心，但我連擁有的權利也沒有，又何來貪念呢？每次媽媽擁我入懷時，我都會鼻子一酸，眼淚如水珠般落下，媽媽卻從來都沒有察覺到。

● 一開首不透露一雙手屬何人，卻緊扣題目，抒發渴望得到撫摸之情，製造懸念，引人入勝。

我記得有一次，我在夢裏見到了「他」，「他」的那一雙手抓緊了我的手，給我安全感，給我暖意。雖然他的一雙手予我粗糙、不細膩的感覺，不像媽媽般細滑，還有很多繭，但他仍然給我暖暖的感覺。握着它，宛如沐浴於冬日的陽光裏，格外溫柔。最深刻的，是他手背上的一條疤痕，那細而長的痕迹，把他以前所做過的一切一切全都顯現出來。他沒有告訴我那是怎樣弄傷的，因為他知道那會令我傷心，令我流淚。

沒有人能夠理解到我看見「他」的感覺，因為連我自己也不清楚，我多麼希望我能夠留住那一個時刻，讓他能夠陪伴在我身旁。可是，夢始終是夢，人，還是需要回到現實的！

現在，我已經不再需要那一雙手的撫摸了，因為我已經擁有了另一雙手的擁抱與關愛。

● 懸念延續，在現實中得不到那一雙手所賦予的溫暖，惟有在夢中實現；熱切渴望之情，既含蓄又澎湃。懸念至此，令人心癢，再三回味，不得不追看下去。佈局之心思，可見一斑。

● 抒情達到高潮。渴望得到關懷終於得到落腳點。謎底揭曉，「他」不是情人，而是爸爸。謎底教人一笑。

直至我穿起雪白婚紗的那一刻，爸爸還是沒有出現過，縱然我是多麼渴望他把我從他的手裏交給我生命中的另外一半！

可是我是知道的，我的那一個夢終有一天會實現，哪怕要等上好一輩子！因為我相信上天總有安排，而一切總是在冥冥之中給安排好！我亦相信我自己，相信自己在某時某地會與爸爸遇上，非在夢中，而是在遼闊的平原之上，遠望紅日西墜之燦爛！

● 回應前文，深信夢終會實現，抒發堅定不移的感情。

總評及寫作建議

同學借一雙手抒發對父親的渴望，娓娓細訴，情真意切。描敍、抒情恰到好處；加上構思新穎，運用懸疑手法令讀者追看，而言詞閃爍，更引人興趣。情感洋溢於字裏行間，段落安排引起一層又一層的懸念。佈局謀篇的精心巧思，可見一斑。選材、剪裁雖以情為主，但盡見心思，然而，選材略嫌瑣碎。假使夢中所見稍有連貫性或鎖定某一件事，抒情效果會更佳。

一個令我敬佩的人

年級：中四
作者：郭艷梅
批改者：歐陽秀蓮老師

設題原因

此題為考試試題。同學沒有老師的指導而寫出一篇借人抒情的文章，情真意切，足見同學的能力。

批改重點

1. 直接抒情的能力。

2. 積累的能力。（詞彙及修辭）

批改重點說明

直接抒情是寫抒情文常用的手法，也是同學較易把感情表達出來的手法。直抒胸懷會流於露骨，但勝在夠坦率自然；加上抒情對象是人（老師），故直接、坦白一些未嘗不可。本文的訓練重點在於讓同學體現積累的能力，如詞彙之豐富、修辭運用精妙等；直接抒發真摯的感情配以精彩的詞句和修辭，是事半功倍的寫法。

批改正文

範文 　　　　評語

「你千萬別這樣思考這個概念！不行！不行！因為生態系統是這樣⋯⋯不是⋯⋯要小心！小心！」想起你這樣神經緊張的教導和解說，我噗哧地笑了出來，你就是這樣緊張的老師。

● 直接抒發喜愛之情，予人坦率、可愛的感覺，也道出了令人懷念的原因：精彩的授課。

我愛上了學習，愛上了校園的日子，也許其實是因為我愛上你的課。每一堂的生物課都是我期待的。你洪亮的聲線，炯炯有神而又精明的眸子，把同學們的怠惰趕得夾着尾巴逃走。你不願浪費一分一秒，總是眉飛色舞、興高采烈地講着、問着，同學們個個都目不轉睛地留心聽着，也不斷地發問。上課本應就是這樣，這是一天裏最精彩的課，惟獨是你一直對我們這輩「垃圾」學生不離不棄。

● 在短短的段落裏，運用了不少四字詞語，手法靈巧自然，全無斧鑿的痕跡，而詞彙的豐富、恰當，增加文字的表達能力，如「炯炯有神」、「目不轉睛」、「眉飛色舞」、「興高采烈」、「不離不棄」。

「大家有沒有問題？」這句說話每天都像洪水般千次萬遍地湧出。「怎麼會沒問題？我來問你們，誰不懂便要罰抄！」這是你頭一次跟我們上課時說的。結果，我們整班同學都給罰抄了，問着、罵着，你竟哭了出來：「不明白便問問題，為甚麼總不肯問？不問又怎能學習，你們有否想過自己的將來？你們真的想這樣糊糊塗塗過一生嗎？快回答我！說你們不想！不想！」說着你便像小孩一般伏在桌子上大聲嚎啕起來。

自那次以後，我們的學習氣氛便截然不同了，甚至許多老師開始對我們刮目相看，用心教起書來，使我們得益不少。

因為勤於練習跑步的緣故，我的腿終於出事了，在醫院整整住上了十天。這十天內，你每天都來照顧我，

● 從人物的說話、動作，描寫一個關心老師的形象，直接抒發令人敬重老師的原因及真摯的感情，恰到好處。● 兩次運用比喻，既突出老師諄諄教誨而感性的一面，又使形象鮮明而具體化，使之躍然紙上，呼之欲出。

● 老師無私的奉獻令人動容，更令人深深懷念。直抒胸臆，情深意切，加深印象。

給我補課。因為你得知我家境貧困，甚至替我請補課老師補習其他的科目，只想感動我這個懶人勤奮向學。我想，假若病的是另一位同學，你也會這樣關愛她。

休老師，我真的好想喚你一聲休媽媽。每年冬天來臨，你總會嘮嘮叨叨地噓寒問暖，煩個不休，還給我編織毛衣、圍巾、手套啊，甚麼、甚麼的！天啊！這又怎能叫我不敬你，不愛你啊？

休老師一直在默默耕耘，為學子不辭勞苦，付出所有精力、時間，嘔心瀝血培育下一代。她死後的遺產更是全數捐出，幫助貧苦孩子升學。她赤裸裸地來到，又赤裸裸地走了，將自己完完全全獻給學生，實在不枉此生。

她——休老師，便是這樣一個令我敬佩的人。

● 以精巧的詞語（嘮嘮叨叨、噓寒問暖、默默耕耘等）及兩個呼告裏（休老師），以表達深重的敬愛之情；加上一句反問句：「這又怎能叫我不敬你，不愛你啊？」對老師的關愛與尊崇予以高度的肯定。

總評及寫作建議

　　這是一篇對老師抒發敬重、喜愛、懷念之情的文章,從人物言行直接刻畫與抒情,情感率真、自然。只是選材方面略有重複,倘若集中選取一件足夠反映人物關懷備至之事,已算是一個典型的例子;多了,反而有囉唆、堆砌之嫌。

老師批改感想

　　兩篇文章都能剪裁所選，與主題配合，或含蓄抒情，或直抒胸臆，文辭流暢，結構嚴謹。抒情文最大的忌諱不是流於敍事，就是感情空泛。要做到不偏不倚，最重要是抓緊主題——所抒之情為何，言之有物；然後，配以恰當的手法——借人、或物、或景抒情，或直接、間接抒情。抒情文以情為主，以事或景為次，此誠不可偏廢也。

三十九號專線小巴

年級：中六
作者：鄧皓文
批改者：潘步劍老師

設題原因

這是預科同學的寫作練習題目，要求借事抒情，希望訓練同學間接表達和抒情的手法。

批改重點

1. 借事抒情。

2. 敍事的能力。

批改重點說明

記敍事情是學生最基本的能力，初上中學一年級，已懂得學習和接觸。可是，為文之道，抒發一己情志才是主要目的。因此，如何通過記述事件以抒情，是學生常用的手法，也是比詠物寫景更基本的寫作能力，學生不能不掌握。

批改正文

專線小巴三十九號，負責行走馬田村和元朗市中心，是數百條大小公共汽車線中，極不起眼的車程，只短短十來分鐘。可是在我心中，那卻有説不出的難忘。

● 對事件的經過、時間有清楚的交代，亦帶出重要的主角——專線小巴三十九號。

那年，我家由市中心忽然遷到馬田村一間村屋。村口只有一條雙線行車的馬路，馬路對出是一條大河，來往的人不多，而三十九號專線小巴，成為了我們來去的必需交通工具。

小學四年級開始，每一天都和妹妹乘搭小巴上學。早上和放學，我常常一手捉住她的手臂，一手忙着大幅度上下揮動。小巴一停下，立刻先推妹妹上去，自己隨後跨上，再把一早掏出的車費投進司機旁的錢箱內。然後車子開動，不知為甚麼，車子總像

● 兒時的記憶寫得很清楚。小孩子上學的生活，既生活化，也相當具體真實。● 穿插敍聊天的瑣事，補寫了姊妹的感情，凸顯孩子的快樂，也為後來的變化作出了對比。

是後面有東西在追趕，開得很快。通常，我和妹妹懶管它的奔馳，只在座位上不停聊天。天南地北，談老師、談測驗，談二樓的笨狗今早跳下了花園的趣事。我們的聲量不大，但總是不間斷，像車子後方藏了七八隻愛叫的小鳥。吱喳聲中，車子總會安穩地把我和妹妹送回家中。

生活就是這樣地過去，宛如千篇一律的車程。孩子們總有找到樂趣的方法，嘻嘻哈哈便度過那十多分鐘車程。記得六年級的某一天下課後，我和妹妹照常坐小巴。妹妹雖只比我小兩歲，但比我矮很多，坐在椅子上也只到我的耳旁。她即使坐在靠窗的位置上，也不會擋到我看窗外風景的視野。

● 另一次和妹妹坐專線小巴的難忘遭遇。顏色豐富，情景描繪逼真，孩子的反應也表現出人物的純真樸實。

當時，我們都很疲倦了，坐在座位上，默不作聲，頭部隨着車子的顛動而上下擺動。一瞥眼，我瞄到窗外的景色，吃了一驚，忙拍一下妹妹

● 捕捉難忘的經歷，把對兒時追憶增加很強的色彩效果。暗為後來長大後的平淡，作出對比和呼應，是重要的一段。

細小的手臂，示意她往窗外望去。那
是一個紫色的傍晚，落日映照天空，
不是紅色，不是藍色，而是漫天的一
片紫色。由淺紫漸變到深紫，趕走了
平時見慣的傍晚，換上一幅迷離的圖
畫。一大片連綿山脈，遠處的樹，馬
路旁的大河，馬路上、車廂內、椅子
上都染上一層紫色的迷霧。

我和妹妹互相對望着，一時間
被那奇幻的景色迷惑了，幾乎忘記了
下車。突然驚醒，急忙呼喚小巴司機
停車。我牽着妹妹的手下車去，回到
家，還想繼續欣賞天空的美景，不料
天已黑了。我們談論剛看見的景色，
良久仍然驚歎。

很快地，我們又搬家了，而我也
升上中學，沒有再與妹妹一起上學。
現在，她也升上另一所中學，長高了
很多。我們的感情仍很好，卻不再一
起坐專線小巴三十九號了，也不再停

● 經過了充分的記
事，這一段主要是抒
情的部分。長大了，
兒時的歡樂不再，姊
妹也不再一同乘小巴
上學，更不會像過去
般純真。作者在回

留在小學時天真有趣的旅程。隨着時間轉變，我們漸漸長大，不會再為小事而驚訝，就像我們後來明白了紫色的傍晚代表着暴風雨的前夕，色彩雖然豔麗，卻不值得如此驚歎。

即使不再走上同一段路，即使忘了鮮豔的過程，溫馨的感覺依然存在，正如我每次看到三十九號專線小巴。

憶、在細味，尤值得稱讚的是流露出淡淡的哀愁，令抒情的效果大增，富有藝術感染力。

總評及寫作建議

作者借童年時和妹妹同坐專線小巴的往事，抒發對童年的追憶。文章捕捉的情景很好，小巴車廂內，姊妹並坐，一同經歷、一同有所見聞與感覺。這是很多人都可能有過的兒時經歷，很容易引起讀者的共鳴。借聊天和驚見窗外美景，引起作者的追憶懷念。記敍過程條理明晰，枝蔓不多。作者緊抓住人物的情態和內心，着意刻畫，是這篇文章成功的地方，使後來的抒情部分，因為有記敍的事件作襯托，就顯得合理自然，富於感染力。淡淡哀愁又不失含蓄，頗富情味。文中記事的部分完整，但人物的塑造就比較單薄。妹妹在文中形象較模糊蒼白，對於作者刻畫童年往事的難忘，削弱了藝術效果。

暖水壺

年級：中六
作者：關美利
批改者：潘步釗老師

設題原因

這是預科同學的寫作練習題目，要求借物抒情，希望訓練同學間接表達和抒情的手法。

批改重點

1. 借物抒情。
2. 具體描寫。

批改重點說明

抒情一般可分直接抒情和間接抒情。直接抒情對於學生來說較容易，但往往失去含蓄，削弱了感染力。借物抒情也是常用手法，在抒情中加入描寫技巧，將要抒發的感情借物以表達，因此能否將所描寫之物具體描畫，成為文章優劣的重要分野。

批改正文

範文  評語

長長的走廊盡頭，厚厚的一堵牆，只有我半身的高。陽光照在走廊的地板，照在走廊的兩旁，照在一扇扇門上。門密密地緊閉着。留心聽！每扇門的背後有一陣陣人聲。

我住在某扇門的後邊。我把滾燙、冒煙的水倒進暖水壺內。大力按上蓋子，不要讓任何冷空氣跑進壺裏去。暖水壺是銀灰色，沒有甚麼耀眼的花紋，只有透着水銀的顏色，握在手中，有種說不出的冰涼。

● 描寫暖水壺的外形、顏色和感覺等，為後文的借物抒情作鋪墊。可惜描寫不夠細緻具體，不易在讀者心中留下深刻印象。另一方面，滾燙冒煙的形象和後面的冰冷成為對比，也象徵着作者情感的轉變。

我穿上校服，把暖水壺放入書包裏去。背起書包，打開門準備上學去，剛巧與住在對面的叔叔碰個正着。他那蓬亂的長髮，像剛下牀似的。滿臉鬍子，多少天沒有剃過呢？

他穿着一條舊長褲，一對白布鞋。等
待升降機的時候，我一直低頭不語。
直至到了底層，升降機門剛開，我一
溜煙跑了──媽媽曾告訴我，這個叔
叔是個壞人，妻子厭惡他，帶着孩子
跟別人跑了。

　　天氣很冷，我雖坐在課室裏，但
仍然冷得很。我緊緊地拿着暖水壺，
希望感受到內藏的溫暖。暖水壺卻像
一個沉默的人，沒有作聲，更沒有透
出絲毫暖氣。我打開那個死緊的壺
蓋，騰騰的蒸氣就從壺口冒出，我望
着壺中擺動的暖水，感到撲面而來的
暖熱。我把熱水倒入壺蓋裏，慢慢地
捧起，先是雙手感到溫暖。喝一口，
熱水在我體內流走，溫暖着我體內的
每一個器官。

　　第二天，我仍然帶着暖水壺上學
去。突然，一個孤單的身影在走廊出
現，是住在對面的叔叔。他穿着簇新

● 這一段呼應前文
冷熱的對比，集中寫
暖水壺的熱氣，利用
想象和比喻，令所描
寫之物有較具體的形
象。着意寫喝下熱水
的溫暖感覺，為抒發
的情感形成強烈的感
官襯托。

的衣服，黑得發亮的皮鞋，眼裏閃着
期盼的光芒。他在等甚麼？一個約十
歲的男孩走到叔叔身邊！與叔叔長得
真像。他帶着慈祥的笑容，抱着孩子。

我坐在課室裏，暖水壺仍然在我
的手中。隔着壺身，我無法感受熱水
的溫度。請問，我不打開暖水壺蓋，
如何取出滾熱的水？

● 結尾一段既抒情，也帶有說理的性質。把情和物結合得很好。

總評及寫作建議

這篇文章借暖水壺以抒情，結尾也夾有哲理的思考，立意上很不俗。劉勰說：「既隨物以宛轉，亦與心而徘徊。」描寫事物要「功在密附」，也就是細緻具體地刻畫所描繪的對象，作為借物抒情的寫作手法，此文在這方面仍然有改善的空間，至少對暖水壺的描寫筆墨，可以更多更細緻。作為文中最重要的意象，暖水壺的描畫並不足夠，讀者隨着作者刻畫而生的聯想也難以豐富。文章的優點是冷和熱的對比很明顯，隱寓在背後的人情冷暖，處理得相當機智。在對暖水壺的「冰冷」和「溫暖」的感覺，利用感官製造描寫效果，表現力很強。結尾將抒情進一步帶至理性的思考，令文章理趣橫生，有點睛之妙，也使借物抒情的手法有了更高層次的立意，值得稱讚。

老師批改感想

　　寫抒情文最難在於情感的控制。所謂「言有盡而意無窮」，説得太淺露直接，就會失去了讀者感受參與的空間；太含蓄隱晦，又會令文章意旨情感變得艱澀難懂。如何令所抒之情恰到好處地表達流露，是判別抒情文高下的關鍵。正因為要生這種含蓄曲折之妙，所以我們往往或借事，或借景，或借物，再將情感寄寓其中。無論是景、是物或事件，當借以抒情時，最重要是掌握那種「即」和「離」的關係。如何把表面的物和事寫得清楚具體，又巧妙地結合所抒的情，從而產生情味相生的效果，是最重要的技巧。教師批改這類文章，着眼點也應在此，這不單反映了學生處理內容的技巧，也表現出他們對生活的觸覺。

海邊的黃昏

年級：中四
作者：張國歡
批改者：蔡貴華老師

設題原因

學生剛讀畢了〈花潮〉，故以「海邊的黃昏」為題，讓學生嘗試通過寫景、敍事來抒情。

批改重點

1. 通過寫景來抒情／融情入景／間接抒情。

2. 借事抒情／直接抒情。

批改重點說明

1. 着重同學是否能通過寫景來抒情，學習情景交融的抒情手法。

2. 學習通過敍事來抒情，邊敍事邊抒情，令事和情巧妙地結合。

批改正文

範文　　　　　評語

盛夏的黃昏，我獨個兒在海邊漫無目的地散步。雖然黃昏逼近，但陽光的熱力仍未散去，額角的汗珠兒不自覺地冒出。沙灘上，一大羣弄潮兒在嬉戲，但他們的熱鬧氣氛卻沒有感染到我。我不屑地遠離他們，逕自走到僻靜的一角。我攀上海邊的一塊巨石上躺下，靜靜地聽那海潮的呼喚。

● 作者離開了熱鬧的人羣，獨個兒靜聽潮聲，顯示作者內心的孤寂，屬間接抒情。

這時天空逐漸變成金黃，陽光映照着海面，為無際的大海鋪上一層金色的鱗片。海浪拍打着石塊，樹上的知了不耐煩地叫囂着，青蛙鼓動着兩腮呱呱地叫，清風掃過蓊鬱的大樹，沙沙作響……這柔和悅耳的動人旋律，卻令我心緒不寧。涼風撫過我被夕陽照紅了的臉，這感覺多麼熟悉，我閉上眼睛享受着這美好的一刻。我

● 寫天空色彩的轉變和四周的聲響，襯托着作者心情的轉變，「動人的旋律」卻令作者「心緒不寧」，由間接抒情而直接抒情，帶出作者的心事，由景而情，由情而事，尚見脈絡。

已感受到你的存在……驀然回首，你我四目相投，我對着你嫣然一笑……

六年前的一次黃昏，我倆踏足在同一片沙灘上，手牽着手，沙灘上印上了我們一道長長的足印，我們一步一步走近我們初邂逅的一角。天空很高很遠，黃昏的天空紅通通的一片，不時被南遷的候鳥劃破幾道裂痕；海面金光燦爛，帆船點點，令人想起更多從前；蟬聲漸悄，清風漸涼，偶爾一兩片落葉掠身而過；雄糾糾的烈日開始柔和起來了；寥寥可數的弄潮兒，令海邊不再熱鬧；潮水徐徐地湧到海邊，一浪接一浪，沒完沒了；我倆的身影愈來愈長。

● 運用白描手法描寫景物——黃昏的天空和海灘的景物。

在同樣的一塊大石前我們停下，對視着。我知道你想的是甚麼，沉默讓我們心照不宣，我們回味着曾經屬於我們的一切：快樂的、難過的、心

痛的、氣結的……一幕一幕湧現出
來。

　　最後，我們相視而笑，你給我一
個情深的吻，我知道這是我們的吻別。

總評及寫作建議

　　1. 同學頗用心於寫景的地方，但既然是同一個海灘，在寫景時可運用今昔對比的手法，通過今昔景色的異同帶出重逢前、重逢後和別離時心情的異同，使情景交融及融情入景的手法更臻完善。

　　2. 宜多作一段作結以呼應第二段「驀然回首，你我四目相投，我對着你嫣然一笑……」這個重逢的片段，令文章結構在敍事方面更完整。

柴灣——我居住的社區

年級：中四
作者：高雅玲
批改者：蔡貴華老師

設題原因

1. 因本校位於柴灣，而大部分學生也是居於柴灣，寫他們熟悉的社區，較容易掌握寫作材料，如學生並非居於柴灣，可改寫其他地區。

2. 同學讀畢了梁容若的〈我看大明湖〉，希望他們能把學到的寫作技巧運用出來，抒發對某些熟悉的地方的感受。

批改重點

1. 對比手法。

2. 邊描述邊抒情。

批改重點說明

1. 運用對比的寫作手法，寫本區與其他地區的差異或區內好壞情況的對比而抒情。

2. 學習〈我看大明湖〉一文的抒情手法，分別描述某地區不同的特色，邊描述邊抒情。

批改正文

範文 　　　　評語

　　我從小就居住在柴灣，對區內的環境有一定的認識，並認為柴灣是一個很有特色的地方。柴灣區內有很多設施，包括食肆、商場、公園、社區中心、醫院、學校、超級市場等等。

　　先說食肆方面，快餐店隨處可見，例如「麥當勞」、「肯德基」、「美心」、「大家樂」，還有最近剛剛開張的「吉野家」。店內有馳名的牛肉飯，是日式的產品，盛在圓形的飯盒內，非常美觀實用。另外，區內也有不少酒樓，提供各種美味可口的食物，只要你願意光顧它們，必能滿意而歸。

● 由第二段開始，各段按部就班地分別描述區內的特色，然後簡潔地流露出自己的感受，並不刻意抒情。● 抒發對食肆的感受。

　　談談商場方面，小西灣、杏花邨地鐵站上蓋都有大型的商場。商場內有各式各樣的店舖和琳瑯滿目的貨品

● 抒發對商場的感受。

供顧客選購，令人眼花繚亂；店員親切友善，常常給予顧客中肯的意見。就像是我們很親切、很要好的朋友一樣，和我們一起選擇貨品，令我感到很舒服，有一份歸屬感。

再談其他康樂設施，公園方面，公園內設有許多供小孩子玩耍的設施，還種植了不少植物，提供空氣清新、鳥語花香的環境給居民。我偶然路過也看見不少老人家在散步、下棋、談天，偶爾來走走，頓覺心曠神怡。這裏是本區的世外桃源、人間樂土。

● 抒發對其他康樂設施的感受。

最後談區內的超級市場，我們日常生活的必需品也可以在超級市場裏找到，而且超級市場鄰近屋邨，十分方便，一切貨品，不假外求。

● 抒發對超級市場的感受。

當然，柴灣區也有它的問題存在，例如在漁灣邨的居民時常高空擲物，傷及不少途人，更造成環境污

● 對柴灣區存在的問題表示憂慮。

染。此外，柴灣區內治安較差，在商店內經常出現高買，一些害羣之馬擾亂柴灣秩序，令本區蒙上污點。

雖然柴灣也有令人不滿意的地方，但它的優點足以彌補這些缺點。我在柴灣出生，生於斯，長於斯。我喜歡這個地方，對這裏充滿了感情。我愛柴灣，我包容它的缺點，就像孩子不會嫌棄和離棄自己的父母一樣，如果可以的話，我希望這輩子都住在這裏。

● 抒發對柴灣的感情，以包容的態度作結。

總評及寫作建議

1. 各段末端抒情部分略嫌不足，如能於每段的開首及結尾部分運用承上啟下或照應的手法，以抒情起、以抒情結，則可令全文更一氣呵成、通篇一貫。

2. 抒情部分集中在末段，有點頭輕腳重之感，如第一段引入時把柴灣的地理位置交代一下，或以柴灣跟其他地區的比較引出話題，或從一般人對柴灣的負面印象引入主題，然後逐一予以澄清 (學習〈我看大明湖〉「欲揚先抑」的手法)，則可令文章引入部分更有創意。

老師批改感想

1. 以上兩文，一篇透過寫景帶出回憶以抒情，一篇通過描述自己熟悉的社區來抒情，兩者的取材和性質不同，寫作手法亦各異。首篇略嫌為文而造情，行文稍覺生硬和刻意，但同學着意寫景的部分及力求運用情景交融的手法值得嘉許。老師宜鼓勵學生寫作具真情實感的經歷，相信會更自然感人。

2. 第二篇寫自己熟悉的地方，也是人所熟知的地方，不可胡亂去寫，最好能配合某些課外活動（如參觀某個社區或旅行後），學生先細意觀察，掌握寫作材料，加以適當的剪裁，去蕪存菁，然後以意創造，再加入個人的觀感，寫來既能反映客觀事實，又能有個人獨特的看法。

再會

年級：中六
作者：劉瑞如
批改者：蔡鳳詩老師

設題原因

本文乃學生自由創作的作品，文體為抒情文，題目自訂。中六學生一般已掌握寫作不同文體的能力，學生可以根據過往學習的寫作方法寫作文章。

批改重點

1. 間接抒情。

2. 佈局謀篇。

批改重點說明

1. 間接抒情是寫作抒情文常用的方法，很多學生未能掌握這種方法，結果，寫作時無從入手，藉着是次練習，希望可以提升學生利用間接抒情來寫作的能力。

2. 學生在佈局謀篇方面往往欠深思，忽略了佈局謀篇對文章的影響，藉着是次練習，加強學生在寫作時這方面的能力。

批改正文

我要離開了，我要徹底地離開這個地方，要遠遠地離開我認識多年的友人……

● 首段以「離別」作為文章的引旨，篇幅短小，簡單直接，並且流露出淡淡的離愁別緒。假如改以「再會」入題，不但能起點題作用，也能跟末段前後呼應，可以一試。

「怎麼了？不用氣餒吧！這只是人生的一個小小的挫折，努力向前啊！」縱使臨離開前友人多番勸慰，我來到這個新的地方，面對新環境、新人物、新事物，也仿佛時光倒流，令我再一次感受到由小學升上中學時那種陌生感。那種熟悉的孤獨感和無助感，又一次縈繞着那軟弱無力的我。

● 友人積極的勸慰與「我」的消極反應形成強烈對比，凸顯「我」那孤獨無助的心情。

第一次週會，新校長在講台上演說，身旁的同學都靜悄悄地聽着校長的訓話。只有我，獨個兒惦記着他

● 新環境的人和事勾起了「我」對往日校園人物的回憶。沒有直接道出「我」的心

——「舊校的校長」。他那說話神態、他那微笑、他那高大而帶點肥胖的身體……他的一切都叫人難以忘懷，也叫我更惦記着從前的校園生活。昔日陪伴我、鼓勵我的同窗好友，此刻不知身在何處？在這冰冷的禮堂裏，除了我，仿佛就只剩下陣陣冰冷的聲音在迴盪。

完了週會後，排隊到新課室。前後左右的同學畢竟也是不同了，課室的擺設位置也完全找不到昔日的痕迹，老師的話語也平板乏味。我不斷疑惑着，難道我要在這環境下度過這兩年嗎？

我對新環境、新事物失去了好奇，一切事物也失去了光彩，直至一次自修課……

情，卻能從「我」的思想體會到作者的心情。作者極力描寫一個冰冷、陌生的環境，使讀者深深體會到作者的孤獨，引起讀者的共鳴。

● 透過比較昔日與現在的校園生活，表達對往昔校園生活的懷念。段末以反問句作結，一方面反映「我」對往日校園生活的眷戀，也顯出對現在校園生活的百般無奈。

● 以「失去了好奇」、「失去了光彩」來總結轉校後的感受，並承接上文，過渡到全文的高潮。本文過渡自然順暢。

那天，有機會與一羣新同學圍坐一起聊天。那一刻，我被深深的感動，有一股暖流突然竄進我的心頭。當我獨個兒坐在一旁感到無比寂寞之際，他們竟然主動跟我聊天，那一刻，我發現我並不是孤單一人，那種親近之感格外顯得溫暖柔和。

自此，我能完全拋開心中的憂慮，完全投入同學、老師，以至整個校園的生活。在這兒，我看見從前校園看不見的一面。這一面是嶄新的、是精彩的、是可愛的。同學之間嬉笑怒罵、師生之間仿佛像朋友，大家笑言笑語，這不是很可愛嗎？

最近，我收到不少電郵，又經常與從前的好友們出外。令我深深感受到一份友誼，並不只建基於一所校園之上，而是建基於時間、考驗及彼此的信任。

● 能緊貼上一段而發展。此段筆鋒一轉，直接道出得到友誼的驚喜和感動，喜悅之情躍然紙上，與上文所表達的孤獨憂傷之情形成強烈對比。

即使離開了，再會依然是投契、再見依然是熟悉、相處仍然是美麗。

● 回應首段，以「相聚」作結，筆觸輕鬆柔和。能做到起、承、轉、合，結構完整。

總評及寫作建議

從抒情的角度來看，作者雖沒有花太多筆墨直接抒發轉校後的感受，但也能透過校園生活的對比和環境的描寫，渲染孤獨和憂傷之情。相比起直接抒情，這種方法使讀者更能投入作者身處的環境，更能使讀者體會作者的心情。文章後半部分筆鋒一轉，直接道出得到同學關懷後的感動和喜悅，跟前文形成強烈對比，引起讀者的共鳴。

從結構上看，文章以「離別」作引旨，以「相聚」作結，首尾兩段簡單直接、結構完整。文章能做到起、承、轉、合，第五段起着過渡作用，文章過渡清晰自然，全文結構完整。本文題為「再會」，若文章起首以「再會」作為引旨，不但更能緊貼文題，也能起着前呼後應的效果，文章的主題也會更形清晰。

風鈴

年級：中六
作者：梁曉瑩
批改者：蔡鳳詩老師

設題原因

本文乃學生自由創作的作品，文體為抒情文，題目自訂。中六學生一般已掌握寫作不同文體的能力，他們可以根據過往學習的寫作方法寫作文章。

批改重點

1. 因應不同對象的抒情能力。（懷人）

2. 立意與選材。

批改重點說明

1. 在寫作抒情文時，學生往往選擇抒發其對某人的思念之情，學生因此應掌握相關的抒情能力。透過這個練習，可以加強學生這方面的能力。

2. 立意與選材是寫作的第一個步驟，乃文章優劣的決定性因素，因而應加倍重視，使學生知道立意與選材的重要性。

批改正文

範文

評語

清風輕吹，掛在窗邊的風鈴低唱着清脆的歌聲。凝視着這隨風起舞的風鈴，勾起了我兒時的回憶，勾起了我對哥哥的思念⋯⋯

我叫鈴兒，是一個記者。從小，我跟哥哥一起生活，我們的父母並沒有盡他們的責任，撇下了當時只有幾歲的我們。我能快樂地成長，是哥哥的功勞。在我十歲的時候，哥哥便要替別人打工，以維持生計。還記得有一次掙到金錢後，哥哥買了一個風鈴給我，這個風鈴的聲音十分清脆美妙。我的名字也是從此而來的。我們一直有一個希望，就是希望多掙些錢，過更好的生活。我們希望，我們

● 以睹物思人的方式引入。文首即點出文題——「風鈴」。作者沒有在首段直接道出風鈴與兒時回憶的關係，也沒有道出風鈴與哥哥的關係。作者只藉着風鈴的歌聲，引出作者思念的對象，簡單直接。

● 藉着敍述兒時與哥哥相依為命的經歷，流露作者對哥哥的感謝和讚美。● 本段又道出「風鈴」的來源。平凡的「風鈴」是哥哥利用辛勞換來送給作者的禮物，它象徵着哥哥對作者的愛。把哥哥對作者的愛寄託在風鈴上，寫法委婉含蓄，值得借鑒。

的未來，可以如風鈴的歌聲一樣動人。

每天工作的確很辛苦，不過，這樣的勤勞也是值得的。直到一天，不幸的事發生在哥哥身上，從此改變了我的生命。哥哥因為遠足時不慎失足，從山崖墜下，他離開了我。當時我十分傷心。還記得哥哥生前說過，死去的人會到天堂。那時，我真的想跟哥哥一起到天堂再生活。哥哥去世那天，我凝望着窗旁的風鈴，我問它為甚麼上帝這麼討厭、這麼狠心、這麼無情，把哥哥帶走，剩下我一個？我摯愛的哥哥走了，生存在世上還有何意義？我等待風鈴的答覆，它卻沉默了……

● 「風鈴」無言以對（擬人法），表達出作者對哥哥離世的無奈和哀傷。事實上，「無言」的不是風鈴，而是作者。作者未能接受哥哥的死訊，未能解釋生命的無常，結果，把情感投射在風鈴上，透過風鈴的無言，把無奈和哀傷之情表達得淋漓盡致。

一天清晨，清風輕拂，風鈴再一次低唱着悅耳的歌聲。那一刻，沉睡了多時的心，突然甦醒過來，腦海盡是哥哥的笑臉。那悅耳的歌聲，仿佛

● 「風鈴」象徵着哥哥的愛。兄妹之間的愛沒有因死亡而隔絕，「風鈴」成為了兄妹間傳遞愛的一道橋樑。

是哥哥給我創作的樂章。霎時間，哥哥就像跳進了我的心房一樣，給我信心，給我勇氣。那是多麼神奇的事，我竟然感覺到哥哥在幫助我！我努力讀書，學成歸來，成為一個記者，過着平淡卻豐足的生活。我和哥哥的願望終於達成了。我相信在天堂的他，一定會感受到這一份喜悅。

我明白了，我和哥哥雖然是兩地分隔，心卻是繫得緊緊的。不管去到哪裏，哥哥也是我的明燈，指出我的路。我並不是孤獨的。我偶爾凝望着哥哥送給我的風鈴，就像是感到哥哥的溫暖。

● 回應首段，再以睹物思人的方法作結。每當作者凝望風鈴，也想起遠方的哥哥。運用睹物思人的手法自然恰當，留給讀者不少思考空間。

總評及寫作建議

作者以睹物思人的方法，表達對哥哥的思念，情感流露自然恰當、含蓄委婉。作者又藉着憶述與哥哥有關的一切，表達了作者對哥哥的感情，令讀者感同身受，與作者同喜同悲，產生共鳴。

從立意與選材的角度來看，本文以「風鈴」為題，文章則以對哥哥的懷念為主題，讀者必須細讀文章，才能細味作者的用意，甚具深思。本文立意深刻，情感真摯。在選材方面，作者能以「風鈴」貫串全文，且能透過記敘懷念對象的言行來表達作者的情感，選材尚算恰當。作者以真實和生活化的題材為基礎，在選材上略嫌欠缺真實感，若能以真實和生活化的題材為基礎，文章必會更加感人，情感必會流露得更真摯。

老師批改感想

　　以能力為主導的批改作文方法，能把「教、學、評」三者結合得更加緊密。在能力導向的教學模式裏，老師往往集中教授一種或兩種寫作方法，學生以所學應用在寫作上，老師最後以學生所學的方法來評估學生運用寫作手法的情況。這種批改方式，能更聚焦地評估學生對某些寫作手法的掌握情況，老師也能根據批改重點（即要求學生運用的寫作方法）作出針對性的回饋，利用評估來提升學生的寫作能力。在寫作的共通能力上，傳統的批改方法兼顧太多，欠缺焦點。這種以能力為主導的批改作文方法，集中處理一兩種寫作的共通能力，老師甚至可以因應個別學生的需要而釐訂不同的批改重點，以照顧個別學生寫作上的差異。

後記：幾句衷心話

我是一個頗有計劃、顧慮周全的人，很多事都能如期完成，很少會誤期的，和我合作過的朋友都知道這點。當我答應當時任職於中華書局的梁偉基先生編這套書後，很快便定好了全盤計劃。

我在二零零四年的六七月間便開始邀請老師參與這項工作，並在暑假前寄出批改指引、每頁的版面樣式、各種文體的寫作能力、批改後稿件的處理方法等給老師，務求他們一目了然，可以立刻準備開始工作。我更定出了交稿的日期，從二零零四年十一月底開始，每月交一種文體，依次序是記敘文、描寫文、抒情文、說明文和議論文；到二零零五年三月底，便可以收齊所有稿，這樣便可以趕得及在七月書展前出版。我這樣想當然是過於理想。

開始收稿時，問題便來了。有一兩位老師用筆批改稿件後寄給我，我審稿時發現有問題，便在稿件上說明，然後寄回給老師；他們修改完再寄給我，我覺得仍然有地方不妥當，便又在稿件上寫清楚問題所在再寄回給老師。這樣數來數往，仍然沒法解決問題，實在很麻煩。於是我和梁偉基先生商量，大家都覺得用電腦批改和交稿會更方便。我立刻用電郵通知老師，建議他們先用電腦打稿，然後再依版面樣式

批改，改好後用電郵寄給我。當我收到稿件時，有小問題的，我便代老師改了，不必再麻煩他們；如果有大問題的，我才會寄回給他們重改。如果老師沒空打稿件，可以把學生的手寫稿寄給梁偉基先生，梁偉基先生打字後再用電郵寄給老師，老師便在電腦上改，改後再寄給我。所有的稿經我審閱後，沒有問題的便轉寄給梁偉基先生存檔，並同時進行排版的工作，這樣工作的進度便會快些。

過了不久便收到一位老師寄來一篇可以做樣本的稿，我很高興；在得到她的同意後，便把稿件寄給其他老師參考，請他們依這個樣式做。我滿以為這樣的安排很理想，誰知問題又來了。我等到十二月中，仍然有相當多的老師沒有交第一篇稿，我想可能他們還沒有教記敍文；但開學已三個多月了，難道甚麼文體也沒有教嗎？為甚麼一篇稿也沒有交？我開始有點焦急，於是再發電郵追稿，等了一段時間，仍有好幾位老師沒有回應；我只好打電話給他們，才知道原來我寄出的所有電郵都是亂碼，以致他們誤以為是垃圾電郵而沒有開啟檔案；也就是說，從一開始他們便沒有看過我發的資料。於是我只好雙管齊下，立即把資料用電郵、傳真送過去，他們到十二月底，才正式開始批改的工作。

在審第一批稿的時候，很多稿件與我的構想有頗大的出入，於是我發還給老師重改，有些甚至改了多次。我想他們心裏可能怨我，但他們仍然忍耐地、認真地做好批改的工

作，實在感謝他們。因為太過急於如期完成工作，我在一定的時間內便發電郵給老師，提醒他們要交稿，這樣無形中給了老師很大的壓力。我有時甚至在星期天的早上，老師還沒有睡醒時便打電話追稿；當電話筒傳來對方像夢囈般的聲音時，我又感到有點歉意。我想老師很怕聽到我的「追魂鈴」，所以我也儘量改用電郵聯絡他們，直至我守着電腦多日多月都沒有回應時，才會出動「追魂鈴」。其實我也知道中學的老師工作相當忙，是不宜給他們太大壓力的，但為了如期完成工作，我才會這樣做。

今次這套書能順利出版，要謝謝各位老師準時交稿及對我百般的容忍，同時感謝梁偉基先生花了不少時間幫忙打稿。最後，要感謝為這套書寫序的學者，使這套書生色不少。

劉慶華